|시가 있는 에세이|

내게 묻는 안부

최 태 랑
작 품 집

초판 발행 2015년 10월 19일
지은이 최태랑
펴낸이 안창현 **펴낸곳** 코드미디어
북 디자인 Micky Ahn **교정 교열** 성건우

등록 2001년 3월 7일
등록번호 제 25100-2001-5호
주소 서울시 은평구 갈현1동 419-19 1층
전화 02-6326-1402 **팩스** 02-388-1302
전자우편 codmedia@codmedia.com

ISBN 979-11-86104-28-6 03810

정가 12,000원

| 시 가 있 는 에 세 이 |

내게 묻는 안부

최 태 랑 작품집

CHOI TAE RANG

나는 젊고 푸른 것이 좋다. 그래서 젊고 푸른 글을 쓴다. 젊은 사람은 앞을 보지만 늙은 사람은 지나온 뒤를 본다. 나는 앞을 보는 젊음이 좋다. 여기 글들은 대체적으로 나의 삶이며 경험에서 온 지난날 수고에 대한 안부이다. 내 뒤안길에 심어진 나무들이기도 하다. 이 나무가 자라 가는데 필요한 앞을 보고 쓴 글이다.

에세이는 문학적 감동을 깔고 있어야 한다. 그런 글을 쓴다는 것이 결코 녹록치 않았다. 나는 생각의 사실들에 기초하여 詩적 진실을 써보았다. 지금까지 나온 책들은 시가 먼저 쓰였고 그 시에 관한 분석, 논평이나 느낌이 뒤따랐다. 그렇지만 나는 마치 밥상을 차려내는 느낌으로 에세이라는 구수한 밥과 詩라는 맛깔스러운 반찬을 곁들여 보았다. 취향에 따라 맨밥에 물을 말아 드셔도 좋고 맛있는 반찬만 골라 드셔도 좋다. 정스러운 한 끼의 밥상이 되기를 기대해 본다.

지금까지 엉덩이가 헐도록 썼으니 이젠 일어나야겠다.

최태랑

안부를 묻는 물음에 답장하기

양진채 | 소설가

책상 앞에 앉아 모니터 커서의 깜박임을 봅니다. 규칙적인 나타남과 사라짐을 응시하는 사이를 갑자기 밖이 소란스러워지더니 비가 쏟아지는군요. 순식간에 쏟아졌다가 그쳤습니다. 가을을 깊게 하는 비입니다. 창문에 빗방울이 맺혔다가 흘러내리는군요. 시인이 '흐르는 것은 모두 슬프다' 라고 말한 구절을 떠올립니다. 그 글 속에서, 창문 유리창을 타고 흐르는 빗방울도 슬프다 라고 했기 때문일 것입니다. 아니, 다시 들춰보니 '흐르는 것은 슬프다'라고 되어 있네요. 시인이 '흐르는 것은 슬프다' 라고 했는데, 저는 왜 '흐르는 것은 '모두' 슬프다 라고 생각했을까를 다시 생각합니다. 이 새벽 '나타남과 사라짐' 사이, '모두와 부분' 사이를 생각합니다.

저는 그의 시를 많이 읽지 못했습니다. 그런데도 이 글을 쓰고 있습니다. 물론 이 책에 실린 글과 최근에 나온 시집의 시들은 모두 읽었습니다. 역시나 '잘 모르는'과 '두 권의 책을 읽은' 관계를 생각합니다. 저는 나타남과 사라짐 사이의 많은 '결'이 있다고 믿는 사람입니다. 두 권의 책을 읽는 동안 시인과의 사이도 그 결이 작용하고 있다는 것을 알게 되었습니다. 아마도 그 결은 추파秋波일 듯합니다. 가을철 은은하고 잔잔한 물결 같은 것 말입니다. 저는 추파秋波라는 단어를 좋아합니다. 가을빛에 부서져 내리는 보석 같은 물의 결을 잘 알기 때문입니다. 갑자기 시인과 시인의 작품이 두 권의 작품집을 읽는 사이 불쑥 내 앞에 다가와 앉는 기분이었습니다. 저는 제 앞에 다가온 그 무엇, 추파秋波라고 해도 좋겠습니다. 그것을 찬찬히 들여다봅니다.

제가 추파秋波를 떠올린 까닭은, 시인의 시詩의 근원적 정서를 '흐르는 것은 슬프다'라고 보았기 때문일 것입니다. 그 슬픈 흐름의 '첫'이 물결이기 때문입니다. '어린 나를 두고 뱃고동 소리 따라 연락선을 탔던 어미' 뒤로 흐르던 물결을 시인은 잊지 못합니다. 그 아픈 기억이 시인을 여기까지 끌고 왔구나, 생각하게 되었습니다. 시인은 슬픔을 초극하였습니다. 그 초극이 언어와 언어 사이의 미묘한 떨림을, 세계와 세계 사이의 공명을 듣게 했습니다. '나타남과 사라짐' 사이를 들여다볼 줄 알고, '모두와 부분' 사이의 결을 보게 했다고 생각하게 되었습니다. 그래서 저는 아마도 '흐르는 것은 '모두' 슬프다'라고 생각했는지 모르겠습니다. 그 세계가 결코 그냥 오지 않았음을 알았고, 그 고통의 크기가 느껴졌기 때문일 것입니다.

이 『시가 있는 에세이』 속에는 그 길로 향하는 시인의 수줍은 고백이 있습니다. 시로 향하는 길목에 무엇이 있었는지 시인은 얘기하고 싶은 듯합니다. 그 누구도 아닌 자신에게 말입니다. 내가 아내에게, 가족들에게, 시에게, 이 세상에게 어떤 눈길을 보내고 있는지를 말입니다. 나이 든, 눈 밝은 이만이 보고 듣고 생각할 수 있는 것들을 드러내고, 다시 시로 형상화되는 과정을 보여줌으로써 자신의 얘기를 털어놓고 싶은 듯했습니다. 왜냐하면 시인은 제2의 인생을 살고 있기 때문입니다. 그래서 자신에게 자꾸 묻고 답하고 싶은 것입니다. 골목의 꽃들을 말하듯 무심하게, 그러나 아프게. 나는 잘 살고 있느냐고.

따뜻했습니다. 그래서 이 책을 덮을 즈음에는 시인이 묻는 안부에 몇 줄 답장을 쓰고 싶은 심정이 되었습니다. 고개를 끄덕일 수 있고 손을 내밀 수 있었습니다.

비가 그치고 나니 암청색의 새벽이 밝아집니다. 그 길을 걸어오는 시인이 보입니다.

Contents

Contents

Part4

흐르는 것은 슬프다

01

시인은 무엇으로 시를 쓰는가?

시인은 글을 만들어 내는 것이 아니라 찾아낸다. 오감으로 찾아낸다. 눈으로 보기만 하는 게 아니라 맛도 보고 듣기도 한다.

어느 생물학자는 벌이 사라지면 지구는 200년 이내에 멸망한다고 한다. 인간의 삶에 있어 정신적 지주를 이루고 있는 이성은 마치 벌과 같다. 서로 다른 개체에는 번성과 상호 연결하는 매개가 필요하다. 그것이 시가 가지고 있는 힘이다. 따라서 시란 열매를 맺게 하는 연결고리이며 꽃에서 꿀을 생산하는 존재이다. 시인은 시를 쉽게 쓰려고 하지 말아야 한다. 중추적 오감을 다 동원하여 심혈로 써야한다. 나에게는 시의 타고난 끼가 많지 않다. 다만 부단한 학습을 통한 노력으로 결실을 얻었다. 또 내가 시를 아낌없이 좋아하는 그 마음도 한몫이 된 셈이다.

- '작가의 말' 중에서

내게 묻는 안부

—

　우리는 몸이 멀리 있을 때 서로에게 안부를 묻는다. 그러나 나는 누구에게 딱히 안부를 전할 사람이 없다. 오늘 나는 나의 뒤안길을 향해 안부를 묻고 있다.

　나의 생은 정처 없이 떠밀려온 아주 작은 물의 세포. 가끔 눈을 뜨고 어디만큼 가고 있나 둘러보곤 했다. 그럴 때마다 함박눈 내리는 겨울도 있고, 꽃 피는 봄도 있고, 붉게 물드는 가을도 지나가고 있었다. 나는 또 어디론가 일렁일렁 흘러가고 있었다.

　나는 내게서 너무나 멀리 와 있다.

　돌아보건대, 나의 생은 어느 바위 틈새에서, 아니면 어느 깊은 샘에서 솟아 나왔으리라. 여리고 순한 생명들이 다가와 물방울을 튕기며 몸을 씻고 물을 마시는 아침의 샘이었으리라.

　샘을 떠난 나의 생은 하얀 물거품과 물보라를 일으키며 벼랑 사이를 빠져나왔으리라. 물끼리 부딪치며 천둥 같은 소리를 내지르기도 했으리라. 바위를 깎아 내어 그 돌들과 같이 구르기도 하면서 만나는 바위마다 등을 쳐주기도 했으리라.

　골짜기를 지나고 들판을 만나면 강은 천천히 흐르면서 마을을 가로질렀으리라. 오리의 긴 행렬, 멀리 보이는 교회 탑을 바라보며 유유히 흘렀으리라.

　그곳에는 물풀이 자라고 버드나무가 길게 가지를 드리우고 있었으리라. 다리긴 백로가 유유히 먹이를 찾고, 물총새가 총총 물 위를 찍고 지나갔으리라.

강폭이 점점 넓어지면 계곡에서부터 내려온 돌들은 오랜 시간 굴러 자갈이 되고 모래가 되어 강기슭에 켜켜이 쌓여갔으리라.

지금은 강의 하류. 바람이 바뀌면 멀리서 건건한 해초의 냄새가 밀려온다. 이제 곧 강은 강의 이름을 버리고 넓고도 깊은 푸른 바다와 몸을 섞을 것이다.

누구나 아픔 하나 정도는 깊숙이 감추고 산다고 하나, 나는 물이다 보니 그 물에 모두 흘려보냈다. 그간 어찌 지냈느냐고, 잘 지냈느냐고 또 물으면, 나는 멀고도 험한 물길 모두 헤치고 여기까지 왔노라 할 것이다.

그러나 나는 마지막이 아니리라. 끝없이 이어지는 물의 행로. 어느 순간 물보라로 피어올랐다가 까마득한 하늘 가운데에서 시원한 빗줄기가 되어 또다시 힘차게 뛰어내릴 것이다.

모를 일이다

물은 소리로 말한다
바위 모서리에 찔리고 바람에 뒤집히며
바다에 이르면 물은 기억을 잃는다
태어난 샘의 고요와 산그늘도 마저 버렸다
지금까지 마음 다독이며 멀리 왔지만
떠나왔던 기억을 잊어버리고 산다
지나온 시간을 지우고
말을 지우고 산다
말이 없다는 것은
그곳으로 돌아가고 싶어서이다
물이나 사람이나
죽을 때까지 흘러가는 길 모르며 산다
사는 것 참 모를 일이다

시인을 찾아서

—

　종종 호수공원에 간다. 그곳에 가면 물가에 앉아 깊은 상념의 낚싯대를 드리우곤 한다. 시어詩語라는 물고기는 매번 잡힐 듯 말듯 입질을 한다. 그럴 때에는 낚싯대만 드리운 채 호수 건너편을 보거나, 높은 하늘을 보거나, 번지는 노을을 보거나 하면서 짐짓 딴청을 피우기도 한다.

　어느 날 빈 낚싯대를 접어 집으로 돌아오는 길이었다. 나무 뒤 그늘에 앉아 혼자 울음을 삼키고 있는 한 여인을 보았다. 저 여인에겐 무슨 사연이 있을까. 목구멍으로 잘 넘어가지도 않는 울음을 꾸역꾸역 삼키는 여인을 보면서 저 울음도 참 괴롭겠구나 하는 생각을 했다.

　울음을 삼키는 여인에게서 '그늘에서 울고 광장에서 웃고 산다'는 도시인의 비애를 보았다. 여인은 저 치명적인 독을 어디에서 비워야 할까. 비우지 못한 슬픔에 마음이 가는 순간 '울음방'이 태어났다. 호수에서 놓친 시를 나무 그늘에서 찾았다. 울음방 이야기는 우연한 기회에 이재무 교수가 한 말이다. 하지만 직설적 느낌을 받은 것은 호수공원 산책길에서 본 한 여인의 울음 속에서였다.

　나의 시편들은 사물을 보는 일순간의 느낌에서 온다. 시감詩感이 되는 느낌을 찾아 헤맨 시간이 이틀이 되고 한 주가 되는 날도 있다. 나의 시는 꾸준한 학습에서 터득되어 왔다. 그래서 그런지 보여주는 꽃의 화려함보다 튼실한 뿌리를 선호하는 편이다.

이 시는 얼마 전 '전국계간지 대상'을 받은 바 있다. 시를 잘 써서가 아니라 내 시에 메타포적 서사가 강해서 받은 상이라고 생각한다. 시는 읽고 난 후에 느낌과 울림이 있어야 한다. 누구도 생각하지 못한 그 무엇을 찾아 독자의 마음을 건드려야 한다. 그래서 여기 몇 편의 시를 예시하면서 이럴 때 이런 시를 썼노라 보이고자 한다.

울음방

사거리 노래방 맞은편
새로 개업한 울음방
광장에서 웃던 사람들이 밀실로 몰려든다
방음으로 둘러싸인 공간에서
치명적인 독毒을 비운다

입구에 보슬비 오는 분위기를 펼쳐놓고
낮고 애절한 팬파이프, 오보에를 불러왔다
속죄방, 이별방, 우정방, 작별방, 곡비방
개운하게 마무리할 후련방도 있다

운영의 키워드는 울음이 새나가지 않게 보호하는 것
꼬깃꼬깃 접힌
멍이 든 시간을 풀어내야 한다

도우미 없이도
저마다의 울음들이 제 방을 찾아 들어간다

애초에 환불해 갈 슬픔은 받지 않는다

자해自害할 슬픔도 되돌려 보낸다

이 시대의 신종사업
여기저기 대기 중인 울음의 분점들이 즐비하다

빨간 조리통

아내는 요리를 참 잘한다. 어머니에게서 전수받았다는 식혜와 만두는 그 맛이 일품이다. 일찍이 이북 땅 고향 어머니로부터 배운 맛이다. 음식은 손맛이라는 말이 있듯이 정성이 빠지면 무슨 맛이 있겠는가. 아내가 요리하는 모습을 옆에서 지켜보면 고개가 끄덕여진다.

그 옛날에 어느 부부가 있었는데 아내의 음식 맛이 좋아 남편이 그 비결을 물었다.

"어떻게 이런 맛을 내시오?" 그러자 아내가 조용히 남편에게 말했다.

"그 비결은 저 선반 위에 있는 빨간 조리통에 있지요." 그러면서 덧붙이는 말이, "하지만 약속해 주세요. 절대 저 조리통을 열어보시지 마세요."

남편은 그러겠노라고 약속을 했다. 세월이 흘러 남편은 점점 그 조리통이 궁금해졌다. 그러나 아내와의 약속이라 지킬 수밖에 없었다. 아내가 늙어 병원에 입원을 했다. 남편은 궁금함을 못 이겨 선반 위에 놓인 빨간 조리통을 열어 보았다. 뚜껑을 열자 남편은 깜짝 놀랐다. 그 속에는 빛바랜 종이에 삐뚤삐뚤한 글씨로 다음과 같은 글이 쓰여 있었다.

-얘야, 모든 음식은 그 속에 사랑이라는 간이 들어가야 한다.

장모님이 쓴 글이었다. 그동안 맛있게 먹은 음식의 비밀이 귀한 양념이나 재료가 아닌 사랑의 간이었다니. 한참 바라보다가 눈물을 흘렸다.

'나는 이 사랑의 간으로 지금까지 이렇게 건강하지 않은가. 내가 진즉에 이 조리통을 열어 보았다면 나도 아내에게 사랑의 간을 정성껏 맞추어 주었을 것을……'

아내도 빨간 조리통 같은 마음을 담고 평생 요리를 했으리라. 그리고 그 마음을 나에게 주었으리라. 자작나무 의자에 앉아있는 아내가 떠올랐다.

흔적

전철에서 무릎 위에 손을 얹고
고즈넉하게 졸고 있는 아내
두 손을 포개고 잠깐 쉬고 있다

서로 바꿀 수 없는 안과 밖
안은 비밀스럽게 살아온 날만큼
잔금으로 가득하고
액세서리로 치장한 나이는
향기를 모르고 늙어간다

한때의 절정을 지나
이제 대화는 점점 줄어들고
손짓이 말이 되는 때가 오고 말았다

운명의 저문 강을 건너는 주름진 손등

나는 아내의 손을 잡아본다
이제 손의 말을 읽어낸다

여가로의 행로

━

　여행이란, 천사가 별을 따러 가는 길이며 나그네가 마음의 여백을 채우는 길이다. 또한 여행은 미지의 세계를 개척하는 길이며, 망각을 들추는 거울이며, 생의 여가로의 산책이다.

　생을 다해가는 어느 환자에게 물었다. 지금 가장 하고 싶은 것이 무엇이냐고. 그랬더니 사랑하는 사람과 여행을 떠나고 싶다고 했다.

　죽기 전에 하고 싶은 것, 그것이 여행이라면 지체 말고 나서야 하나 막상 그러지 못하는 것이 현실이다. 이래저래 여건만 탓하다가 선뜻 용기를 내지 못하고 만다.

　우물 안의 개구리는 눈에 보이는 만큼의 하늘밖에 보지 못한다. 가까운 산도 다 가보지 못했는데 무슨 먼 여행을 꿈꾸느냐고 할지도 모른다. 하지만 여행이란 거리의 문제가 아니라고 생각한다. 싶은 경관이 있으면 그것을 보기 위해 과감히 떠날 수 있어야 한다. 거리가 아니라 내가 가고자 하는 바로 그곳이 여행의 목적인 것이다.

　막상 여행을 떠나면 먹는 것, 자는 것, 모든 것이 불편하다. 하지만 마음으로 얻어지는 미지의 세계에 대한 지식과 신비로움은 그 전부를 보상하고도 남는다. 그렇기 때문에 새로운 여행지를 찾아 떠나는 데는 무엇보다 과감한 선택과

용기가 필요하다.

　내 경험으로 본다면 여행은 좋은 사람과 함께 가야 한다. 여행은 어디를 보았는가보다 누구와 같이 보고 느꼈는가 하는 것이 더 중요하다. 친구나 가족, 마음을 나누는 사람과의 여행야말로 최고의 선택이다.
　이 추위가 가기 전에 눈꽃이 아름다운 '삿포로'를 둘러봐야겠다. 또 봄엔 실가지 꽃이 아름다운 스위스의 '융프라우', 가을엔 록키산 '뱀프'로 저녁노을을 보러 가야겠다. 여행을 좋아하는 내 마음은 이 세상 그 어떤 것보다 부럽지 않다.

북위 57도를 지나며

사월의 보리밭보다 더 파란 바다
백옥같이 하얀 유람선이 그림자를 물밑에
내려놓고 미끄러지듯 붙들고 간다
오셀로에서 코펜하겐을 오가는 뱃길
바다의 길목은 차단기가 내려져
바람은 더 이상 가지 못한다

수천 년 만년설이 흘러 내려온 피오르드
나는 백야를 걷는 중이다
태양빛에 숨어버린 달은 어디쯤 떠 있을까
별들은 바다에 수장되어 청어의 푸른 눈 속으로 들어가
항해의 꿈을 삼켜버렸다
아직 본향을 가지 못한 연어가 차가운 바다를 지키고
호수 같은 바다는 점점이 섬을 찍어놓았다

뱃전에 앉은 아내, 한 마리의 백조처럼 다소곳하다
옆자리 미소녀는 갈매기 꿈을 노래하고
파란 눈 연인은 연신 볼을 부빈다

한 무리의 생각들이 물 위를 걸어간다
북위 57도에선 인어를 닮은 한 여인이 바위에 앉아 있다
하얀 드레스를 입은 유람선은 물 위를 천천히 걸어간다
나그네는 포말을 남기고 떠난 신행길을 바라보며
차가운 백조의 손을 살며시 잡아본다

오5

━

5라는 숫자는 어머니의 모습을 닮았다.

이 숫자 모양을 보면 시골 아낙인 어머니가 집을 나설 때 치마를 뒤쪽으로 여미고 바구니를 이고 가는 모습과 흡사하다. 그 어머니의 마음씨 또한 언제나 넉넉하고 부족함이 없는 숫자 5를 닮았다.

나는 숫자 중에 5를 좋아한다. 사람들에게 1에서 10까지 늘어놓고 좋아하는 숫자를 고르라 하면 통상 맨 나중에 남는 숫자가 5이다. 이렇듯 남들이 썩 좋아하지 않는 숫자를 좋아하는 이유는 중간에 있어서 넘치거나 모자람이 없기 때문이다.

어떤 사람은 1이라는 숫자를 좋아하면서 남다른 우월감을 드러낸다. 또 7을 좋아해서 행운을 가까이하고자 하는 마음을 드러내기도 한다. 9라는 숫자로 많은 것을 성취하려는 욕망을 내보이기도 한다.

5라는 숫자는 앞으로 더 갈 수도 있지만 혹시 뒤처지더라도 물러설 여유로움이 있다. 또 절반은 차 있기 때문에 조금만 노력하면 그 성과가 금방 표시 나는 숫자이기도 하다. 또, 다른 사람과 나눈다 하더라도 여유가 있어서 넉넉하고 남음이 있다.

누구에게나 찾아오는 위기도 처음이나 두 번째에서는 쉽게 닥치지만 다섯 번째를 넘어서면 잘 생기지 않는다. 사람의 성장 과정을 보더라도 다섯 살이라는 나이는 미운 오리 새끼로 말썽을 부리는 나이이다. 그러나 이 나이에 형성된 성격과 습관과 입맛은 평생을 간다. 인생의 절정을 이루는 나이도 50이다. 20, 30대에는 세상 물정 모르고 천방지축으로 나대는 시기라면, 40대는 한 그루의 나무가 되기 위하여 발버둥 치는 시기이다. 50대에 들어서야 비로소 나무다운 나무가 된다. 50대는 머리에 은빛 너울을 펄럭이며 광야를 달려가는 나이이다. 지난 인생의 삶을 달래는 시기도 이때이고, 지난 세월로 굵어진 몸을 이끌고 더 넓은 세상에서 활개를 펴는 나이도 이때이다. 자식을 위하여 충분한 영양분을 주는 시기도 이때이다. 내가 어디서 와서 어디로 가는가 하고 뒤를 돌아보는 시기도 이때이다.

아라비아 숫자를 만든 인도인들은 숫자 5를 좋아한다. 그들은 중간을 좋아하는 보편타당하고 낙천적인 사람들이다. 우리처럼 9에서 10을 채우려고 발버둥 치지도 않고 그저 5인 중간 정도면 만족하는 사람들이다. 잃으면 또 채워지는 것이라고 여기기 때문에 지나치게 목숨을 걸거나 투쟁하지도 않는다. 충분하게 가지고 있지 않아도 만족하는 것이 그들만의 행복관이다.

사람은 하나가 주어지면 그 하나만으로도 만족할 줄 알아야 한다. 둘을 가지려고 욕심을 부리다가 그 하나마저 잃고 0이 될 때가 있다. 그리고 9를 가지고 있으면서도 나머지 하나를 더 채우기 위해 발버둥 치다 불행해지는 경우도 있다.

가고 옴을 두려워하지 않고 부족함도 넘침도 없는 다섯이라는 숫자는 늘 내게 넉넉함을 가져다준다. 지금은 황혼으로 물들지만 내 마음속 다섯이라는 숫자는 늘 그 자리에 있다. 숫자 5가 가져다 준 삶의 자세가 내 행복의 비결이다.

오월 오일 생

계절과 계절 사이 춥지도 덥지도 않게
넘치거나 모자람도 없이
어느 한쪽으로 기울지도 않는 달
해마다 오월이 오면 깊어진 생각이 더 깊어진다
가난한 바람에게 한 줌 떼어준다 해도
넉넉한 남음이 있고
받아도 넘침이 없다
언제나 그 자리
뒤처져도 물러설 여유가 있어
가고 옴을 두려워하지 않는다
살아간다는 것은 시들어 간다는 것
낙엽 질 줄 모르는 푸른 나무
어느 한쪽으로도 기울지 않는
수평 저울의 중심에 서 있다
달빛으로 머리 감고 별을 세는
오월 오일에 태어나
죽는 날도 이 오월이면 좋겠다
늙지도 젊지도 않게
죽음을 기다리는 마음으로
평생 5에 살고 싶다

나이 듦에 대하여

　나이가 들수록 하늘은 더 파랗게 보이고 낙엽은 더 붉게 느껴진다. 꽃도 붉은 꽃이 좋아지고, 노을도 붉을수록 오래 눈을 떼지 못한다. 나이가 들수록 젊고 예쁜 사람이 좋아지고, 연하고 달콤하고 말랑말랑한 것이 더 당긴다.

　젊은 사람은 산을 보면 오를 것을 생각한다. 나이 든 사람은 산에 올라 먼 산을 바라보며 내가 묻혀야 할 자리를 생각한다. 젊은이는 산에 오르면 두루뭉술하게 건성으로 산을 보지만 나이 든 사람은 바위며 풀이며 나무들을 깊은 눈으로 살핀다. 젊은이는 산에 오르면 앞산을 향해 야호! 메아리를 외치지만 나이 든 사람은 자주 눈을 감고 바람 소리와 새소리, 하물며 자신의 발소리까지 귀여겨 듣는다. 젊은이는 오로지 눈앞의 정상만 보며 산을 오르지만 나이 든 사람은 자주 걸어온 길을 뒤돌아보고 주위에 시선을 돌린다.

　사물을 보고 느끼는 감정도 젊었을 때와 나이 먹었을 때가 달라진다.

　나이를 먹으니 아름다움에 대한 기준도 변하고 세상을 응시하는 자세도 달라진다. 눈에 들지 않던 것들이 새삼 눈에 들어와 박히기도 하고, 좋았던 것들이 싫증이 나기도 한다. 잘 해오던 것들이 갑자기 어눌해지기도 하고, 어색하던 일이 아주 자연스럽게 되기도 한다. 마음만 앞서가는 일도 생기고, 몸이 먼저 가는 일도 생긴다. 나이 먹는 일이 서글프다가도 어느 때는 느긋하게 관조하는 자세가 되기도 한다.

나이가 들면 자식들은 모두 제 살기 위해 먼 곳으로 떠난다. 어쩌다가 한자리에 모이면 그 애들은 이미 다른 식구가 된 듯 예전 같지 않을 때도 있다. 아이들이 한자리에 모이면 정겨우면서도 창 너머 봄날 가랑비처럼 내 마음이 젖어들곤 한다. 그래도 아이들이 모이는 날이 늘 기다려진다.

나이가 들면 마음에 걸리는 일이나 섭섭함이 생기더라도 그러려니 하고 흘려보내야 한다. 마음의 거울에 낀 세월의 먼지를 닦아줄 따뜻한 이해만 있으면 된다.

허무는 늦게 걸어오는 발걸음 같다. 가도 가도 그 자리이고 어떤 결과를 얻더라도 없는 것처럼 느껴져 그저 허할 뿐이다. 나이 들어갈수록 그 느낌이 더해지는 것은 어쩔 수가 없다. 그래서 늙을수록 혼자 있지 말고 나가서 좋은 것을 많이 보고 듣고 즐겨야 한다.

노을

매일 매일이 한 생
무거운 등짐을 지고 있는 이는
흐르는 시간이 결코 아쉽지 않다

보고 들었던 모든 고통을 잊기 위해서는
시간이 약이다

홀가분한가
저 지그시 불그레한 얼굴
한 잔 술로는 부족해 말술을 마셨을까
귀로에 선 낙타처럼 오래오래 썰물을 바라보다
차디찬 바닷물에 발을 담그고
저 모래밭 발자국처럼
밀려왔다 밀려가는
보았던 것 모두 내려놓고
모든 시간을 지우고 있다

노을 뒤에 어둑함이 주는 안식
마침내 체온을 식히며
자신의 몸을 낮춰 오늘의 닻을 내리는
거인의 한 생이 잠드는 시간이다

공간미학

—

어느 날 '시에' 잡지사에서 행사가 있어서 추계 예술대학을 찾아갔다. 때마침 공광규 시인과 동행을 하게 되었다. 가보니 시간이 남아 정문 앞 찻집에서 차를 마시게 되었다.

우리가 간 찻집은 참 이상하게도 생겼다. '커피'라고 쓰여 있는 간판을 따라 들어가니 계단을 지붕처럼 이고 있는 뾰족한 공간이 나왔다. 보통 청소도구를 넣는 창고나 좁은 경비실 정도로 쓰일법한 공간이었다. 의자 세 개, 긴 탁자 하나가 전부인 곳에 시인과 마주 앉았다. 시인은 로맹가리 커피를, 나는 고구마라 떼를 시켰다. 둘러보니 그림도 삐딱하게 걸려 있고, '커피'라는 간판도 삐딱하게 걸려 있다. 천정을 보면 우리만 삐딱하게 앉은 꼴이다. 반듯한 공간에만 익숙하다가 기운 곳에 앉으니 어쩐지 몸도 기울고 잔에 담긴 차도 기울 것만 같았다. 재미있는 공간이었다. 번잡한 행사장 한쪽에 앉아 삐딱한 그 찻집에 대해 시를 썼다.

행사가 끝나고 정문을 나오면서 나도 모르게 차창 밖으로 시선이 돌아갔다. 고개를 갸우뚱하게 하고는 그 찻집을 다시 내다보았다. 삐딱한 곳을 바로 보려니 같이 삐딱해질 수밖에. 동행한 시인도 나와 비슷한 생각을 했을까. 갸웃하게 고개를 꺾더니 따라서 차창 밖을 내다보는 것이었다.

삐딱하다

커피집이 기우뚱하다
추계대학 정문 앞 그 집
커피라는 두 자만 쓰여 있다
지하 계단 밑에
쪽방처럼 작은 공간
공간미학을 잘 살린 터에
좁고 나지막한 테이블 세 개
새들은 페루에 가서 죽는다고 했던
로맹가리가 들렀을 만한 집
동행한 시인은 로맹가리 커피를 시켰고
나는 고구마라떼를 시켰다
반듯하다는 것은
얼마나 관념적 편견인가
층계 밑 비스듬한 공간
맛과 대화는 퍽, 수평적이다
삐딱하게 찍은 사진을
고개 기우뚱하며 바라본다

속을 통하는 겉의 통로

나는 종종 주머니에 열쇠를 넣고도 집 안에 있는 아내에게 전화를 하거나 초인종을 누른다. 그때마다 아내는 늘 문을 열어 반겨준다. 과중한 업무와 복잡한 사람 관계에서 안전하게 보호받을 수 있는 곳, 그 통로가 바로 문이다. 안과 밖, 겉과 속, 세상과 나를 분리시켜 주는 가장 안전한 장치이다. 그 문에 자물통을 채우면 열쇠를 쥐지 않고는 아무도 열 수 없게 된다. 자물통은 열쇠를 가진 자만의 소유물이 되는 것이다.

문을 닫으면 자동으로 철커덕 채워지는 자물통을 보며 쓴 시이다. 어찌 보면 한평생 곁을 지킨 아내는 내가 채워놓은 자물통이 아닐까. 스스로는 몸을 열 수도 없고, 세상 밖으로 나갈 수도 없는, 구속만 받고 산 것은 아닐까 하는 생각을 해본다. 나는 그 마음의 자물통을 걸어놓고 내 멋대로 내 자유만 고집하며 살아온 것은 아닐까. 오늘도 쓸쓸히 집을 지키고 있는 내 아내는 날이 저물면 철커덕, 하고 자물통 열리는 소리만 고대하고 있을 것이다.

자물통

단 한 사람을 기다리겠습니다

약속대로
당신에게만 마음을 주겠습니다

그런데
당신은 나를 믿지 못해
덜컹, 마음 닫고 가버렸습니다

의심 많은 당신
아직 나를 믿지 못해
잠그고 돌아섭니다

오늘도
열쇠만 쥐고 가버렸습니다

퇴근길에

원고 청탁을 받은 지가 수일이 지났다. 전에 쓴 것을 보내자니 시답잖고 새롭게 쓰려고 하니 소재가 궁핍했다.

그날은 눈이 많이 왔다

퇴근길 눈길을 밟는 뽀득함이 좋았다. 전철역 앞에 포장마차에서 어묵을 팔고 있었다. 갑자기 시장기가 돌아 그 안으로 들어갔다. 김이 펄펄 오르는 냄비에서 대꼬챙이에 꽂힌 어묵이 데워지고 있었다. 꼬챙이를 집어 한 입 물었더니 파도처럼 돌돌 말린 어묵에서 구수하고 비릿한 바다 냄새가 번졌다. 호호 불어가며 뜨끈뜨끈한 국물을 마시며 쌓이는 눈을 내다보았다.

시인의 입맛에는 깊은 바다의 파도 소리가 느껴졌다. 손에는 대꼬챙이만 남았다. 이 대꼬챙이는 중국 산둥반도 대나무밭에서 건너왔을 것이다. 문득 양만춘에게 당한 당나라 이세민이 버리고 간 죽창이 떠올랐다. 시인이 보는 사물은 그것이 사유가 되고 또 깊은 감동에서 오는 이야기가 된다. 누구인들 그런 생각을 안 했을까마는 유독 나의 눈에는 어묵이 끌고 온 한 세계가 보였다.

한겨울에 뜨끈한 어묵이 생각을 끌고 와 한 편의 시가 완성되었다

어묵꼬치

퇴근길 포장마차
대꼬챙이가 둘둘 말린 어묵을 관통했다
주름 잡힌 바다가 작살에 꽂혔다

누군가의 허기를 메우려고
팔팔 저녁이 끓는다
하루의 중심을 통과한 사내들이
포장마차에 둘러 서 있다

꼬부라진 지느러미를 잡고 놓지 않는다
재차 아가미를 잡아당기는
저 입들이 분주하다

산둥반도 뒤뜰 중국산 대나무
안시성에 버리고 간 죽창처럼
발밑에 빈 꼬챙이가 늘어난다

빠져나간 물고기
목청껏 휘파람이 가볍다

산길에 만난 여인

―

　일요일이면 산에 가던 습관이 있었다. 요즈음은 교회 가는 것에 열중하다 보니 그나마도 쉽지 않다. 아내는 일요일이면 교회 다니는 것이 습관화되어 있다. 나 역시 주일을 지키는 것이 교인이 갖춰야 할 일이기에 주저하지 않고 주일이면 아내를 따라나선다. 등산하는 친구들이 꼭 일요일을 고집하기도 하지만 지난 날 산행을 하다가 큰 사고를 겪은 처지라 마음먹기가 쉽지 않다.

　어느 봄날 모처럼 산행을 나섰다. 어느 암자에서 발견한 붉은 철쭉꽃이 내 마음을 사로잡았다. 홀연히 한 여인을 본 듯했다. 이 산중에 어인 일로 홀로 와 있을꼬, 힐끔 뒤돌아보았더니 암자 뜰을 환하게 밝히고 있었다. 깊은 산중을 지키고 있는 꽃. 아마 내 마음 속에 피어 있던 꽃인지도 모르겠다.

철쭉꽃

요선정 가파른 암벽 위에
누님의 손거울만 한
암자가 올라가 있다

아무도 찾아오지 않는
이곳에 보살 같은 여인이
합장하며 나를 반긴다

노을빛 그 얼굴 발그스레하다

돌아서 오는 길

힐끔 뒤돌아보았더니
아직도 그 자리
얼굴 붉히며
철 늦은
철쭉꽃이 무연히
나를 바라보고 있었다

시집 한 권

—

시인이 되기 전부터 시를 읽었고, 시인이 되고 난 후에도 여전히 시를 읽는다. 시인이 되기 전에는 시인이 되고 싶어서 시를 읽었다면 시인이 되고 난 후에는 좀 더 좋은 시를 쓰고 싶어서 시를 읽는다. 아마 지금까지 읽은 시집이 수백 권이 되는 듯하다. 어떤 것은 다시 읽고 또 읽은 것도 있지만 허접하게 읽은 것도 있다.

어느 날 아침 아내가 타 준 커피를 마시다가 그만 엎지르고 말았다. 순식간에 무릎에 놓인 시집에 커피가 쏟아졌다. 시집에 구수하고 달콤한 커피 향이 번져 나갔다. 산인 듯 호수인 듯 그림까지 더해졌다. 시인이 미처 못다 한 말들이 더해진 것 같았다.

수천 마리의 양 떼가 언덕을 넘는 모습은 언제 봐도 근사하다. 그 모습이 일사불란해 보이는 건 양치기의 능력이다. 유능한 양치기는 지팡이 하나만으로도 양들의 발자국 하나, 울음소리 하나도 놓치지 않는다. 시인도 그런 존재이다. 지팡이 대신 펜을 들었을 뿐. 밤이면 들판에 누워 별을 세면서도 양들의 숨소리 하나 놓치지 않는 귀를 가진 자가 시인이다.

나는 아직도 시의 진정한 향기를 모른다. 지팡이를 다루는 목동만큼 능수능란한 시인도 못 된다. 그래도 쉬지 않고 시를 읽고 쓴다. 눈을 감고도 양들의 숨소리 하나 놓치지 않는 그런 시인이 되고 싶다.

모닝커피

그녀가 수년 만에
보내온 첫 시집

아침,
커피를 먹다가
그만 쏟고 말았다
순식간에 시집은
얼룩지고 말았다

책장을 넘길 때마다
커피 향이 와 닿는다

나는 종종
그녀와 모닝커피를 마시며
시를 읽는다

전쟁터에서 만난 소년

젊은 날 전쟁 중에 내 가슴에 들어와 선연하게 박힌 눈동자가 있다.

스물네 살 초급장교 시절 월남 파병 때의 일이다. 어느 날 중대한 임무가 주어졌다. 정글 속에서 부대가 이동하는 통로를 수색하는 임무였다. 일 개 분대가 조금 넘는 병사를 통솔해서 밀림 속으로 들어갔다. 어디서 적군이 나타날지 모르는 초긴장 상태에서 부대가 이동할 진입로를 확보하는 일은 쉬운 일이 아니었다.

어둠 속 밀림 지대를 얼마나 들어갔을까. 어디선가 이쪽으로 점점 가까워지는 발소리가 들렸다. 민첩하게 부대원들을 멈추게 하고 숨죽여 앞을 노려보았다. 십여 미터 앞에 총을 어깨에 멘 적병 한 명이 불쑥 나타났다. 어둠 속에서 총부리를 들이대자 나와 두 눈이 딱 마주쳤다. 적병은 겁에 질린 아직 솜털 보송보송한 어린 소년이었다. 공포에 가득 찬 눈동자가 몹시도 흔들렸다. 방아쇠를 당기는 일만 남았지만 그럴 수가 없었다. 임무 수행 중 적병을 사살하지 않는 것은 위험하기 짝이 없는 일이었으나 죽이지 않고 포승줄로 묶었다.

그 밤 포로를 이끌고 무사히 임무를 마치고 정글을 빠져나왔다. 그 소년을 포로수용소로 이관시켰다. 월남 파병 생활 일 년 반 동안 나는 그 소년의 눈동자를 잊을 수가 없었다. 아마 그도 지금쯤 중년을 훌쩍 넘겨 있을 것이다. 나는 스물네 살, 아이는 소년이었는데.

눈동자

군인이라고 어디, 각진 삶만 살았겠는가
때로는 부드럽고 곡지기도 했다네

나 스물넷 초년 장교 시절
월남 꾸멍 고개 너머 빈탄 마을 뒷산
으슥한 밀림 속으로 수색 작전을 나간 적 있었지
칠흑 같은 밤에 적군과 딱 맞닥뜨렸어
그는 총을 메고 있었고 나는 겨누고 있었지
한 걸음 뒤로 물러설 줄도 모르고
얼어붙은 몸으로 공포에 질린 눈을 보았어

한 세상을 건너오고 있는 미소년
내 눈동자 속에 깊숙이 들어와
생사의 갈림길에서 울부짖었어
총알에도 눈이 있었는지
차마 방아쇠를 당길 수가 없었지
그는 끈의 사슬에
나는 임무의 사슬에 엮여 정글을 헤쳐 나왔어

이제는 나와 엇비슷하게 늙어가고 있을 소년
나는 그날의 긴장으로 이제껏 살아왔어
또 그런 마음으로 시를 쓰고 있어

생각도 무게가 있다

머릿속 생각이 많아지면 저도 모르게 턱을 괴게 된다. 한 생각에 빠져 무게가 머리로 쏠리는 듯해도 턱을 받친다.

창밖을 향해 앉아 저무는 해를 바라보거나, 하얀 눈 오는 세상을 구경하거나, 내리는 비를 내다보는 여인도 곧잘 턱을 받치곤 한다. 사랑하는 사람 앞에서도 곧잘 턱을 받친다. 시간을 모두 붙잡아 놓은 듯 꼼짝 않고 한곳을 응시하고 있는 모습은 세상을 모두 안다는 듯 호기로워 보인다. 세상을 향해 떼쓰듯 천진스러워 보이기도 한다.

지상의 꽃들도 가만히 들여다보면 대부분 나지막한 꽃받침이 떠받치고 있다. 접시에 담기는 음식도 어찌 보면 받침인 셈이다. 건물의 화려한 기둥일수록 단단하고 멋진 받침돌이 떠받치고 있다.

산길에 뒷짐을 지고 오르는 모습을 보면 여유로워 보인다. 뒷짐은 등을 살짝 숙이고 앞으로 쏠리는 몸의 중심을 짐짓 뒤로 보내는 자세이다. 그래서 산길을 오르는 뒷짐은 보는 이로 하여금 한결 수월하게 느껴진다. 사람의 활동에는 대부분 앞으로 쏠리는 동작들이 많다. 물건을 들고, 옮기고, 책을 보고, 밥을 먹고, 걷고 뛰는 모든 행동들은 어깨나 등의 근육을 앞으로 쏠리게 한다. 그래서 뒷짐을 지거나 뒤로 가슴과 어깨를 펴는 스트레칭이 필요하다고 한다. 어느 운동 전문가의 말에 따르면 뒷짐을 지고 산책을 하거나 걷는 자세가 우리 몸에 참 이롭다고 한다.

허둥지둥 바쁜 일상 속에서 뒷짐을 질 때는 걸음과 호흡을 느리게 할 때이다. 몸이 무게의 부담을 나누어 가지려고 할 때 쓰는 동작이다. 한마디로 내가 나를 이완시킬 때의 동작이다. 그러니 뒷짐은 내가 나를 업고 가는 그림이라고 할 수 있겠다.

굄돌

생각에도 무게가 있다

턱 괴고 있으면
내가 나를 받치고
있는 것 같고

뒷짐을 지고
걸으면
내가 나를 업고
가는 것 같다

나도 그랬단다

━━

　어느덧 딸아이가 자라 여자의 길을 가고 있다.

　어리기만 하던 아이가 소녀로 자라 숙녀가 되더니 결혼을 하여 지아비의 아내가 되고 아이의 어미가 된 것이다. 볼수록 그 옛날 제 어미의 모습을 많이도 닮아간다.

　딸이 딸을 낳더니 그 아이가 벌써 다섯 살이 되었다. 제법 말을 하고 읽고 쓰기도 곧잘 한다. 냉장고 문에 1에서 100까지 숫자판을 걸어두고 매일 가르쳐 주는 대로 아이가 척척 배워나가니 그 재미가 제법 쏠쏠한 모양이다.

　어느 날엔가 딸아이가 훌쩍거리고 우는 것을 보았다. 왜 우느냐고 물어도 통 말을 하지 않았다. 연거푸 물었더니 그제야 대답을 했다. 서른여섯 살인 자기 나이는 50이라는 숫자의 절반을 훨씬 넘은 나이이지 않느냐는 것이다. 그동안 부모님의 나이는 100의 절반인 50을 훨씬 넘어섰으니 그것이 생각할수록 슬프다는 것이다. 어느새 커서 부모가 나이 먹고 늙어 가는 것을 안타깝게 여기는 어른이 되었구나 하는 생각을 하니 마음이 먹먹했다.

　누구나 뒤돌아보면 미련과 후회가 남는다. 세월은 흐르는 물과 같은 것. 하지만 그 물결 위에 나는 좋은 자식과 아내와 친구를 두었으니 어찌 헛되다고만 할 수 있겠는가. 딸은 딸의 숫자 공부를 돕다 살아온 생의 숫자 공부를 한 셈이 되었다. 그런 딸을 보며 나는 새삼 내 생의 숫자를 마음속으로 헤아려 보았다.

숫자 공부

큰딸이 어머니가 되었다
덩달아 아내도 할머니라는 이름을 얻었다
모처럼 찾아간 딸네 집
딸은 음식 준비를 하다 말고
다섯 살 손녀 숫자 공부를 시킨다
냉장고 문에 숫자판을 붙여놓고
요리하던 주걱으로 이건 30이야
손녀는 열심히 따라 한다
뜬금없이 딸이 눈물을 훔친다
아내가 물어도 한동안 대답이 없다
딸은 벌써 서른
부모 따라 네 번이나 전학 다니던
철새 소녀가 이제는 어미가 되었다
해드린 것 없이 어미가 되었다고
딸은 눈물이 난단다
잠시 후 50을 가리키며, 이건 50이야, 하더니
50이라는 숫자 앞에
내 부모 벌써 쉰이 넘었다고,

나이 들었다고 꿈이 없어진 것은 아닌데
자식 키우느라 그 꿈 모두 버렸다고
또 눈물을 흘린다
딸의 맑은 눈물방울이
아내의 무릎에 떨어진다

내 몸의 혀와 같은 사람

몸 중에서 가장 예민하고 몸의 사정을 잘 아는 것은 혀다.

혀는 배가 고프면 당장 신호를 주고, 목이 말라도 곧장 신호를 준다. 몸에 필요한 영양분이 무엇인지 알게 하고, 입으로 들어오는 것 중에서 불편한 것은 단호히 밀어내기도 한다. 내게 이런 혀와 같은 사람이 있으니 바로 아내이다.

내 아내는 평생 희생하고 베풀기만 한 사람이다. 가정에서는 누군가 중심이 되어 보살피고 희생을 감수해야 하는데 그 역할을 아내가 해주었다. 물론 가족이 각자 노력한 부분도 많았지만 가족을 따뜻하게 끌어모으는 역할은 늘 아내였다.

아내는 내가 약 먹을 시간이면 어느새 먹기 좋게 온도를 맞춘 물을 내온다. 구두를 신기 좋게 놓아주는 사람도 아내이고, 비가 올 것을 어찌 알고 우산을 쥐여주는 사람도 아내이다.

계절에 따라 맛나게 나물을 무쳐내는 사람도 아내이고, 짭조름하게 생선을 조려서 밥상에 올려주는 사람도 아내다. 마치 신화에 나오는 타지마할의 여주인같이 은쟁반에 잔을 받쳐 들고 늘 서 있는 사람이다.

어느 날 내가 딸아이에게 물었다.

"너는 어느 편이냐?", "저는 어머니 편이죠"

그래서 아들에게도 물었다.

"그럼 너는 어느 편이냐?" 그러자 아들도,

"저도 어머니 편이죠"

라고 했다.

아비인 나는 내 편인 사람은 아무도 없구나 하는 섭섭한 마음으로 잠자리에 들었다. 그때 조용히 아내가 말했다.

"애들이 다 내 편이면 뭐하게요. 내가 당신 편인 걸요……."

이렇게 지혜롭게 마음을 위로해주는 사람이 바로 아내다.

빈자리

아내의 허리가 고장이 났다

이제는 움직이지 않는 수레
걷지 못해 하는 일이
묵정밭같이 늘어났다
설거지통 빈 그릇이 탑같이 쌓이고
밥통에는 때아닌 개나리꽃이 피고
분리수거통에는 악취가 발효 중이다

빈자리가 길어진다

달덩이 같던 아내,
아내가 없는 밤은 그믐밤이다

나는 뾰족한 돌멩이

—

부모 없이 자란 나는, 이러저러 세상 풍파를 헤쳐나가다 보니 성격이 다른 사람에 비하여 원만하지 못한 것이 사실이다. 그러다 보니 다른 사람과 부딪쳐 아무것도 아닌 것에 화를 내고 싸울 때가 많았다. 또 고집이 강해 주장을 끝까지 꺾지 않는 경직된 사람이다.

나는 뾰족하고 모난 돌멩이로 세상에 태어났다. 성격이 별나서 누굴 좋아할 줄도 모르는 사람이었다. 그래서 세상으로부터 발로 차이기도 하면서 살아왔다. 주위에는 가까운 친구도 없었다. 모두들 모나고 못생긴 나와는 놀아주지 않고 잘 생긴 돌멩이들끼리만 어울렸다.

세월이 갈수록 이 돌멩이는 쓸쓸하고 외로웠다. 아무리 좋은 옷도, 좋은 장난감도 마음에 차지 않았다. 아무리 먹어도 배부른 감도 없고 허한 마음만 가득 찼다.

어느 날 등산을 하다가 그만 산 아래로 떨어지는 큰 사고를 당했다. 사경을 헤매며 병원 신세를 오래 지면서 더욱 쓸모없는 돌멩이가 되어 가는 듯했다.

긴 시간 병원 신세를 지면서 어려운 수술까지 여러 번 받았다. 그 힘든 일을 겪으면서 나도 모르게 지난날 모나고 삐뚤어진 내 성격을 돌아보기 시작했다. 다시 삶을 얻고 나자 세상이 전과 다르게 보였다. 세상이 모난 나를 받아주지 않았던 것이 아니라 내가 모를 세우고 있어서 세상이 다가오지 못했다는 것을 알게 되었다. 상처를 안고 사느라 나 스스로 사람을 멀리하고 살았다는 것도 알게 되었다. 내가 변하기 시작하자 내 몸에 붙어있던 모서리가 조금씩 떨어져 나갔다. 떨어져 나간 자리마다 상처가 아물기 시작하고 딱지가 앉더니 새살이 돋아나기 시작했다. 나는 조금씩 둥글어져 가고 있었다.

시련은 절망을 극복하는 좋은 약이라고 한다. 당장 눈앞만 보면 시련이 절망을 가져다주는 것처럼 보인다. 그러나 그 절망을 이겨내고 나면 그것이 얼마나 좋은 약이 되었는지 알게 된다.

나는 한때 이 세상에 둘도 없는 뾰족한 돌멩이였으나 이제는 둥글둥글 어디든 잘 구르는 돌이 되었다고 생각한다. 이렇게 잘 구르는 돌이 되기까지에는 늘 곁에서 이해하고 한편이 되어 준 가족이 있었으니 나는 참 복 많은 돌멩이다.

강물에 발을 씻다

노을을 깔고 앉아 하루를 씻는다
발을 담그니 잔물결이 입을 연다

둥근 돌 하나 발밑에 있다

그도 한때 바위로 바람을 맛보고 살다가
아무런 준비 없이 설레는 길을 떠나
여기까지 굴러 왔을지도 모른다

아니면 땅에 묻혀 하늘을 동경하다가
나긋이 품어주지 못한 어느 집
버려둔 자식처럼 여기까지 쓸려왔는지 모른다
혹 그가 선택받았다면 한 칸 두옥
주춧돌이 되어 평생 집을 받쳐 들고 있을 것이다

그도 본디 각지고 모난 섭돌
어찌 보면 나도 내 안에 여문 돌 하나 박혀
한세상 살다 보니
깎이고 쓸려 이곳까지 흘러왔다

저물어가는 강물에 맨발을 묻는다

60

두 생을 사는 인생

—

　남들은 한 생을 산다고 하지만 나는 두 생을 살고 있다. 그것은 내가 죽었다가 다시 살아난 생이기 때문이다.

　2005년, 겨울이 가고 있는 3월 초순쯤 산악회 회원들과 도봉산 산행에 올랐다. 아침부터 도시락을 챙겨주며 조심하라는 아내의 당부를 뒤로하고 집을 나섰다. 오전 10시쯤 17명이 산에 오르기 시작했다. 도봉산 백운대 근처에서 점심을 먹고 다시 장군봉을 향해 오르는 중이었다. 나는 모래가 살짝 깔려 있는 곳을 밟다가 그만 미끄러지고 말았다. 몸을 일으키기에는 너무 늦어 썰매를 타듯 밑으로 미끄러져 내려갔다. 바싹 엎드렸으나 이미 소용이 없었다. 계속 미끄러지면서 바위에 머리를 부딪치고 그만 정신을 잃었다.

　정신을 차려보니 누군가 나를 흔들어 깨우고 있었다. 후에 안 사실이지만 나를 구출하기 위해 올라온 구조 대원이었다. 30여 분을 정신을 잃고 있었던 모양이다. 구조 대원의 도움으로 겨우 눈을 뜨고 보니 앞도 옆도 위도 온통 하늘만 보였다. 그때서야 직감으로 내가 절벽에 매달려 있음을 알았다. 내 몸은 등에 멘 배낭끈의 힘으로 대롱대롱 매달려 있었다. 머리를 바위에 부딪친 뒤 40미터가 넘는 낭떠러지로 떨어지다가 전문 산악인을 위하여 박아놓은 철주에 배낭 줄이 걸렸던 모양이다. 천만다행으로 배낭의 앞 고리를 잠그고 있어서 몸이 빠져나

61

가지 않았던 것이다. 구조대원은 내 몸에 밧줄을 묶은 뒤 배낭을 벗겼고, 묶여진 몸은 밑에서 풀어주는 줄에 의존하여 겨우 구조가 되었다. 무사히 구조가 된 나는 헬기에 실려 일산 병원으로 옮겨졌다. 그곳에는 연락을 받고 달려온 가족들이 기다리고 있었다.

이후 팔 골절과 턱관절 이환 치료, 얼굴 성형까지 긴 치료를 받았다. 가장 크게 다친 왼쪽 다리는 십자 인대 수술을 받았다. 꼬박 두 달 만에 퇴원을 했다.

내가 그때 죽지 않고 살아난 것은 그야말로 천운이었다. 어쩌면 그동안 못다 산 삶을 더 살다 오라는 신의 계시가 아니었을까. 또 남에게 더 많은 것을 베풀면서 살고 오라는 천명이 아니었을까. 입원 기간 내내 아내와 세 아이들이 교대로 곁을 지켜 주었다. 특히 꼼짝도 못하고 누워만 있을 때 큰애가 오면 물수건으로 온몸을 닦아 준 것이 정말 고마웠다. 또 친구들과 동료들, 선후배들이 찾아와 아낌없이 위로를 해주어서 그 힘으로 빠르게 회복할 수 있었다.

그 후로 나는 두 생을 사는 인생이 되었다. 어쩌다 나 같은 사람에게 두 번의 기회를 주셨는지 그 뜻을 헤아리며, 나는 오늘도 감사로 아침을 맞는다.

껍데기만 들고 나왔다

죽음을 체험하려고
먼저 유서를 썼다
푸르고 화려한 날에
나는 당신을 두고 먼저 갑니다
내내 눈물이 났다
관棺뚜껑이 열리고
한 발을 넣고 망설였다
마저 발을 넣었다
마지막 세상을 힐끔 보았다
순간 관이 닫혔다
뚜껑 사이로 들어오는 순간의 빛, 그토록 환했다
숨이 막혀왔다
그동안 공기도 밥이었다
나는 죽는 게 아닌데
살아서 만난 죽음
관 위로 천이 덮이고 삼베로 묶는 소리가 들린다
몸을 졸라매지만
생각까지 동여매지는 못했다

눈을 떠도 감아도 어둠의 세계

어둠이 만들어 준 빛은 어디 갔을까

어쩔 수 없는 저편에는 웅성거리다가 일제히 침묵 중이다

죽음의 공포가 점점 사라지며

그냥 더 깊은 곳으로 떠나가고 싶었다

뒤늦게 알았다

내 몸뚱이 말고는 가져갈 게 없다는 것을

껍데기만 들고

나는 관에서 나왔다

물과 같은 마음으로

초가을 조각구름이 바람을 타고 강 건너 계양산을 넘어간다. 어둠이 호수공원의 나무 그림자를 서서히 삼킨다. 나는 이때쯤이면 공원 벤치에 앉아 잔잔히 흐르는 물을 바라본다.

이 세상 생명을 지닌 모든 것들은 물에서부터 왔다. 물은 생명의 근원이다.

물의 존재는 약하고 순하다고 할 수 있다. 자연의 이치는 힘센 것이 이긴다. 그러나 물은 약한 존재이면서도 강한 것을 이긴다. 세월이 지나면 바위도 뚫는 것이 바로 물의 부드러움에서 오는 강함이다. 모든 식물은 뿌리에서 물을 올려 잎과 꽃을 피우고 열매를 맺는다. 그 열매는 다시 죽어 물의 본향으로 돌아가 또 다른 생명을 잉태한다. 동물 역시 물을 통하여 생명을 유지한다.

살아있는 모든 것은 그 원천이 물이다.

물은 스스로를 높이거나 나서지 않는다. 본디 물은 하나의 물방울이 모여 큰 물을 이루고 낮은 곳을 향하여 흐른다. 어제는 웅덩샘이었다가, 오늘은 실개천이 되고, 내일은 강이 되어 바다에 이른다. 또한 물은 무엇을 억지로 만들거나 조작하려 하지 않는다. 다만 다스리는 주체에 따라 순응하여 그것이 무엇이든 간에 따르는 순수함이 있다. 예를 들어 독사가 다스리면 독으로, 누룩이 다스리면 술로, 어미가 다스리면 젖으로, 주부가 다스리면 요리나 청결에 쓰인다. 물은 아주 원초적으로 순응하는 순수한 질량이라 할 수 있겠다. 또한 물은 담겨진 그릇에 따라 다를지라도 누구를 탓하지 않는다. 그것이 배고픔을 채우는 투사발이든, 물을 긷는 두레박이든, 목마름을 채우는 바가지든 간에 조용히 따른다. 이 세상 어느 것에 이 같은 순수함이 또 있으랴.

물은 서로 조화를 이루며 존재한다. 어느 날 TV 오락 프로를 보다가 느낀 점이 있다. 코미디언을 포함한 다양한 분야의 직업을 가진 사람들이 합창단을 구성하여 대회에 나가는 내용이었다. 그중에는 상당한 노래 수준을 지닌 소프라노 여자 단원이 있었는데 목소리가 좋고 고왔으며 노래도 참 잘했다. 그런데 의외로 단장은 그녀만을 유독 심하게 야단을 쳤다. 내가 보기에는 제일 잘하는 단원 같은데 왜 그럴까. 이유는 다른 단원과 조화를 이루지 않고 자기만 예쁘고 특출하게 기교를 넣어 부르기 때문이었다. 나는 이 모습을 보면서 마치 인간사의 모든 일도 물과 같이 서로 어울려 존재해야 한다는 것을 알았다.

물은 누가 이용하더라도 간섭하지 않는다. 강물에는 나룻배를, 바다에는 고깃배나 여객선을, 잔잔한 개울가에는 종이배를 띄우더라도 말없이 내어준다. 물은 무겁다거나 힘들다고 투덜대지도 않는다. 그가 품을 수 있는 모든 것들을 말없이 품는다. 이유를 캐거나 따지지도 않고 그냥 즐거이 자기를 희생한다. 때로는 세찬 바람이 일어나 큰 너울을 만들고 성난 파도를 일으킬지라도 그것은 물의 마음이 아니다. 다만 바람에 순응하여 생긴 것으로 물 그 자체는 순수하다.

물에 대하여 장자는,

"내가 큰물이 되어야 배를 띄울 수 있으니, 만약 현자賢者가 속 좁은 옹졸한 사람이라면 거기에 술 한 잔이라도 옳게 띄울 수 있겠는가." 라고 했다. 이 말은 사람이라면 마음의 깊이를 가지고 도량과 너그러움을 지니라는 뜻이다. 아무리

학식이 깊고 뜻이 높다 해도 속이 좁다면 세상을 이해하고 너그럽게 받아들일 수 있겠느냐는 것이다.

물에는 적막과 고요와 포용이 있다. 그리고 그 속에 정情이 있다. 사람의 마음도 물의 마음처럼 오해나 편견 없이 모든 것을 수용할 줄 알아야 할 것이다. 때로는 마음에 걸리는 일이 있거나 속상한 일이 있더라도 시간이 물처럼 흐르면 돌아와 잊고 제자리에 머무를 줄도 알아야 한다. 이런 물과 같은 마음을 간직하고 싶은 것이 나의 바람이다.

이제 호수공원에 서서히 어둠이 깔리고, 낮고 무거운 연무가 잔디 위로 내려앉고 있다. 나에게 영감을 준 호수도 깊은 생각에 잠긴 듯 고요하다. 벌레들도 들릴 듯 말 듯 잰걸음으로 보금자리로 향한다. 물을 머금은 숲도 속살을 감추고 촘촘히 서 있다. 나도 자리를 털고 일어난다. 모처럼 호젓하게 앉아 생명의 원천인 물을 바라보는 시간이었다.

강에서 본 하늘

어느 날
어진 사람 따라

물가까지 왔으나
까마득한 물길을 보고
돌아선 발길

차가움에
움츠려
서성이다 왔습니다

이제야
그대 마음에서 잔잔히 흐르는
'강 같은 평화'를 보았습니다

그대여
다시 한 번 불러주세요
제 이름 아시지요!

기도

기도는 어둠 속에서도 신을 볼 수 있게 하는 거울이다.

우리 집은 기독교 가정이다. 애들이 시집 장가를 가고 난 후로는 사라졌지만 그전에는 항상 식전기도를 했다. 월요일에는 아들이, 화요일에는 큰딸이, 수요일에는 작은딸이, 목요일에는 아내가, 그리고 나머지 요일에는 내가 했다. 기도 내용은 각자 달랐다. 그래도 늘 기도에서 빠지지 않는 것이 공부와 건강에 관한 것들이었다.

어릴 적, 큰딸은 아침이면 늘 잠에 취해 있어 깨우기가 힘이 들었다. 늘, "딱 5분만!"을 호소하면서 버티곤 했다. 그때마다 아내는 아이의 손을 잡고 기도를 했다.

"하느님이 주신 나의 소중한 아이를 위하여 기도합니다. 오늘도 지혜로움을 주시고, 남에게 상처 줄 일을 하지 말게 하시고, 열심히 사는 것만큼 대가를 준다는 진리를 알게 해주시고, 어디를 가나 이 어미에게서 왔음을 명심하고, 부모를 대하듯 모든 사람을 존경으로 대하는 아이로 성장하게 해 주세요. 오늘도 봉사하는 마음으로 소박하지만 만족하는 삶을 살게 해 주세요. 최선을 다하되 욕심내지 않고 맑고 순수하게 살게 해주세요……."

기도가 끝나면 아이는 어느새 잠에서 깨어나 초롱초롱한 눈으로 어미와 마주

보곤 했다.

아들의 기도 중에는 한결같은 내용이 있었다. 그것은 '아버지가 담배를 끊게 해 달라'는 기도였다 이 기도는 다섯 살에 시작하여 여러 해를 넘기도록 계속되었다. 어느 때는 아들의 간절한 기도에도 불구하고 계속 담배를 피우는 나 자신이 밉기도 했다. 의지가 약한 아버지 모습에 얼마나 실망할까 하는 생각이 들어서 당장 끊어야지 하다가도 매번 주저앉곤 했다. 30년이 넘도록 신앙생활을 해온 내가 담배 하나 끊지 못하다니. 또한 아들을 포함한 온 가족의 소망인데 이걸 어찌 결단을 못 내리는가 싶기도 했다. 어느 날 드디어 결단을 내렸다. 피우던 담뱃갑과 라이터를 쓰레기통에 던져버렸다. 그리고 그날부터 일절 담배를 피우지 않았다. 아들이 기도를 시작한 지 수년이나 지나서였다. 그 후 지금까지 나는 담배를 입에 대지 않고 있다. 생각해 보면 그것은 모두 아들의 끈질긴 기도 덕분인 것 같다.

아들은 자기 전에 항상 무릎을 꿇고 엉덩이를 하늘로 세우고 두 손을 꼭 맞잡고 기도를 했다. 내가 무슨 기도를 했느냐고 물어보면 언제나, "비밀이에요." 하고는 씩 웃었다. 나의 아들딸들은 지금까지도 충실히 기도 생활을 하고 있다. 참고맙고 기특하다. 한 가지 아쉬운 점이 있다면 그때 아비의 담배를 끊게 해준 아들이 지금은 담배를 피운다는 사실이다. 이제는 내가 아들을 위해 기도할 차례인 모양이다.

태양이 새벽을 기다리는 사람의 가슴을 향해 떠오르듯이, 기도는 깊고 고요한 새벽을 원하는 자에게만 이루어진다. 신과 한곳을 향하는 것이야말로 진정한 기도이다. 나는 자녀들에게 다른 어떤 것보다도 인성을 중요시했다. 올바르고 진실하게 커가는 모습을 보는 일이 늘 자랑스러웠다. 아침에 일어나지 못하는 아이를 위한 조용한 어머니의 기도나, 아버지의 담배를 끊게 하려는 아들의 정성 어린 기도야말로 수천 년 전 '엘리아의 기도'를 떠올리게 한다.

나는 오늘도 일그러지는 마음을 바로잡으며 서두름 없이 조용히 기도를 한다.

어떤 기도

지금은 잊힌 오랜 이야기
그 기도 하늘에 아직도 있을까
아마 각주를 달고 밑줄 쳐 있겠지

통성도 중보도 아닌 단출한 기도
온 식구가 양은 쟁반 상에 둘러앉아
일곱 살배기 아들의 간절한 식食기도
'하나님, 우리 아빠 담배 끊게 해주세요.'
어린 아들의 기도, 수 년째 들었지

진한 입맞춤 한 모금 당기면,
속을 헹궈 나온 몽롱한 구름이
휘감아 돌아 나와
수줍은 대화를 대신해 주던 버릴 수 없는 친구
이보다 맛난 것이 어디 있으랴마는

아들 기도 삼 년 만에 끊어버린 친구
그 뒤로 영영 만나지 않았다

뒤늦게 배운 담배에 푹 빠진 아들
이젠 내가 기도할 차례다

02

청춘은 왜 앞에 있는가

버려야 할 것이 무엇인지 아는 순간부터 나무는
가장 강렬하게 아름답다. 나의 뒷모습도 나무처럼
아름답고 싶다.
　　　　　　　－「청춘은 왜 앞에 있는가」 중에서

사랑이고 싶다

—

어느 한여름, 우연히 냇가에 앉아 우렁이의 빈 껍데기가 유유히 떠내려가는 것을 보았다.

우렁이는 알이 깨어나면 자기 몸에 품어서 자신의 살을 파먹게 하여 새끼를 키운다. 새끼 우렁이 혼자 움직일 수 있을 때쯤이면 어미 우렁이는 살이 없어지고 껍질만 남는다.

민물에서 자라는 가시고기는 암컷이 알을 낳고 가버리면 수컷이 알을 지킨다. 이 수컷은 먹지도 않으며 지느러미로 쉼 없이 날갯짓을 하여 산소를 공급한다. 그리고 새끼들을 다 키운 다음에 죽는다. 죽은 후에도 새끼들의 먹이가 되어 준다.

자연의 이치에서 보듯이 부모는 헌신을 다 하고 자기 몸까지도 기꺼이 자식들을 위해 내어 준다. 우리네 삶이 지금까지 있기까지는 부모의 헌신이 있었기 때문이다. 아낌없이 주면서도 자신이 주고 있다는 사실마저도 잊고 사는 것이 부모다.

시골 천수답 논두렁 근처의 둠병은 사시사철 물을 담고 있다가 갈수기가 되면 논에 필요한 물을 대준다. 그 둠병도 어찌 보면 우렁이나 가시고기처럼 조건 없이 주는 부모의 마음을 닮았다. 부모는 내 몸의 힘듦도 잊고 자식을 위하여 숙명처럼 주어진 길을 간다. 가도 가도 힘든 길임을 알면서도 말없이 날마다 산 길을 오르듯 살아간다.

어찌 보면 이젠 좀 쉬어야 하는데 쉴 자리가 없는 것 또한 부모의 삶이다.

우렁이 이모

초가을 앞뜰 개천에
빈 우렁이 떠내려간다

어미 우렁이는 깊고 깊은 굴속에 새끼를 품어 몸뚱이가 푸르도
록 제 살을 먹이고 껍데기만 남았다

설한에도 무논 웅덩이를 뒤지다
때론 가난한 까마귀밥이 되고
아이들이 잘팍대며 논을 휘젓기도 하여
저녁상 초무침에 녹초가 되기도 했다

떠내려가는 빈껍데기를 보니
우렁이 같은 생을 살다간 이모가 생각난다
새벽장 함지박에 생선을 받아 이고
마을을 전전하다 저녁이면 우렁이처럼 기어왔다

오 남매 키우느라 제 몸 파 먹혀도 내색 없던 우렁이 이모

빈 몸 물 위에 둥둥 떠가는 초승달
은하수를 건너갔다

숨비 소리

—

제주도 하도리 마을에 가면 한 무리의 해녀들이 고무 옷을 입고 물신을 신은 후 태왁을 가슴에 안고 바다로 나간다. 태왁을 바다 위에 남겨놓고 물속 깊이 들어가 물질을 하다가 물 위로 떠올라 푸우~하고 깊은 숨을 내쉰다. 오랜 참음으로 인하여 숨을 몰아쉴 때는 휘이익~하고 휘파람 같은 소리가 난다. 이것이 숨비소리이다.

숨비는 숨을 참다가 몰아쉬는 숨소리이면서 동시에 다음 물질을 위한 숨 고르기이다. 그 숨을 참고 해산물을 따서 물 밖으로 나와 쉬는 숨이야말로 진한 환희이자 쾌감일 것이다.

우리의 삶 속에도 해녀의 숨비처럼 잠시 쉬어가야 할 순간이 있다. 숨비는 목적한 바를 이룬 후의 환희요 영광이다. 이런 이치를 알기에 우리는 순간의 어려움이 있을 때마다 뒤에 있을 숨비를 꿈꾼다. 힘들고 어려울 때마다 숨비의 순간이 언젠가는 올 것이라는 희망이 있기에 인내하는 것이다.

물속에서 숨비를 참다가 죽는 일은 흔하지 않다. 난관에 부딪히며 좌절은 있을지 몰라도 쉽게 죽음에 이르지는 않는다. 어떤 일이든 완성에는 힘이 들고 고생이 따른다. 고생이 전부라면 어찌 참을 수 있겠는가. 때로는 삶의 끈을 놓아버리고 싶어도 순간마다 버티게 하는 숨비가 있기에 참아내는 것이다. 돌이켜보면 누구나 고비마다 나름의 크고 작은 숨비의 순간이 얼마나 많았겠는가. 나 또한 생의 마지막 큰 숨비를 위해 오늘을 감내하며 살아간다.

제주도의 돌담들은 그 돌담 사이에 있는 틈을 통하여 숨비처럼 쉬지 않을까 하는 생각을 해보았다.

틈

제주도는 온통 돌담이다

모나고 비틀린 돌들이
서로 얽혀 금을 긋는다
갯바람 이는 할망신당
언 몸을 녹이는 불덕에서
때론 모난 돌도 쓸모가 있는 것을 알았다

못생기고 일그러졌어도
밑에 있는 돌을 짓누르고 앉아
윗돌을 필 수 있는 저 넉넉한 마음
옆 돌과 어깨동무할 수 있는
이웃을 만나 서로 얹혀 산다

악착같이 곁을 붙들고 놓지 않는
천만 근의 무게가 서로 엉켜 있다

바람이 드나드는 틈을 메우면
바람에 치여 같이 넘어질 것이다

저 작은 틈이 돌담을 지킨다

3등 인생

동물의 세계에서는 힘이 가장 센 수컷이 암컷을 차지한다. 그런데 어느 생물학자가 아프리카 원숭이 새끼들의 유전자를 조사하던 중 특이한 것을 발견했다. 그것은 태어난 새끼들에게 당연히 우두머리의 인자가 많을 것으로 생각했으나, 특이하게도 서열 세 번째 원숭이의 인자가 적지 않게 섞여 있었다는 것이다. 이유를 알아보니 간단했다. 우두머리 원숭이가 서열 두 번째와 암컷을 놓고 싸우고 있는 사이에 세 번째 원숭이가 발정이 난 암컷을 차지했다. 서열 세 번째인 원숭이가 기회를 노리고 있었던 것이다.

사람들은 자신이 힘이 없고 기회가 없어 언제나 되는 일이 없다고 한탄한다. 그래서 쉽게 좌절하고 포기한다. 그러나 누구에게나 기회는 있기 마련이다. 그것을 일찍 깨닫는 사람만이 그 기회를 천기의 일우라고 여겨 자기 것으로 만든다. 마음이 있어도 항상 준비가 되어 있지 않으면 눈앞에서 기회를 놓치고 만다.

일본의 막부시대 도쿠가와는 세 부족장 중에서 가장 힘이 약했으나 언제든지 상대와 대적하여 싸울 준비를 철저히 한 기다림의 사나이였다. 그 기다림으로 후에 일본을 통일할 수 있었다. 매사를 성급하게 판단하지 않고 때를 기다리는 사람만이 성공할 수 있는 법이다.

기회는 밤하늘의 유성보다도 더 재빠른 것이어서 매복하고 지키고 있는 자의 눈에만 보인다. 3등 인생이었던 서열 세 번째 원숭이의 재치와 노련함에 웃음이 절로 나온다.

기다림

마른가지
한참 늙어버린 나무

고목회춘枯木回春
봄꽃을 피우려고
눈 맞고 서 있다

호주로 간 벌

—

양봉업자가 호주로 여행을 갔다. 그곳에서 보니 들이나 산에 사시사철 꽃이 만발해서 양봉업을 하면 대성할 것 같은 생각이 들었다. 그는 귀국 후 만반의 준비를 하고 양질의 벌을 데리고 호주로 건너갔다. 가는 첫 해에는 이 벌들이 부지런해서 아주 많은 양의 꿀을 얻어 대성공을 했다. 국내에서 생산하는 양의 다섯 배가 넘는 어마어마한 수확을 한 것이다. 그런데 다음 해에는 전년에 비해 아주 보잘 것이 없었다. 여전히 꽃들이 지천이고 날씨도 좋았음에도 불구하고 말이다.

왜 꿀이 줄었을까? 그 이유는 지천에 깔려 있는 꽃 때문이었다. 게다가 기온이 뚝 떨어지는 추운 겨울이 없었기 때문에 벌들도 급할 게 없었다. 부지런히 꿀을 모으지 않아도 된다는 것을 벌들이 안 것이다.

가난의 불편함을 아는 사람은 열심히 일을 하고 아끼는 방법을 안다. 그러나 부모로부터 받은 풍요에 길들여진 사람은 그것을 모른다. 또 어려운 시기에 처해보지 않은 사람은 오직 눈앞의 풍요만 본다.

풍요는 언제나 그 자리에 있어 주지 않는다. 지혜로운 농부는 풍년이 왔을 때 흉년이 올 것을 대비한다. 넉넉할 때 궁핍함을 생각한다.

누구든지 없이 사는 어려움을 모르는 사람이라면 호주로 간 꿀벌의 교훈을 되새겨 봐야 할 것이다.

첫사랑

한 마리의 나비가 날아갔다

속박을 훌훌 벗어버리고
잘도 날아다녔다

날개를 잃고
꽃이 시든 후에 알았다

맨 처음 앉았던 꽃이
가장 아름다웠다는 것을

그물 문

문은 어느 한 경계를 개방하여 들고 나는 통로 역할을 한다. 이는 통로 역할이 자 막아주는 보호 역할도 한다. 어떤 문은 간단한 천이나 차일로 드리우기도 하고, 나뭇가지로 엮거나 나무판으로 짜서 세우기도 한다. 또 튼튼한 철제를 사용하여 드나듦이 자유롭지 못하게 자물통으로 잠그기도 한다.

문은 시작과 끝을 지어 주는 역할도 한다. 문을 열었다 함은 시작을 뜻하고, 닫았다 함은 종료를 뜻한다. 문은 시작과 끝이요, 일과 휴식이요, 베풂과 거둠이 되기도 한다.

내 마음 속에는 그물로 된 문이 있다.

한 번 마음 속에 들어온 사람은 그물망에 걸려 빠져나가지 못하는 문이다. 그러나 나의 그물문은 여느 문과는 다르게 정스러운 문이다.

그물은 튼튼한 실이나 끈으로 엮어져서 물고기나 날짐승을 사로잡는 사냥 도구로 쓰인다. 그물의 구멍 크기에 따라 사냥감의 크기를 가늠하기도 한다. 또 망을 만들어 과일이나 야채를 담아 보관하기도 한다. 통풍이 잘 되니 오래도록 두고 먹을 수도 있다.

내 마음속에 있는 그물 문은 굳이 열고 닫을 필요가 없다. 바람과 햇살이 통하고 안팎이 모두 들여다보이는 그런 문이기 때문이다. 그리고 그 그물은 사랑과 이해로 엮어 만든 것이라서 언제나 따뜻하고 정스럽다. 나고 드는 일이 자유롭지만 한 번 들어서면 누구든지 단숨에 빠져나가는 일은 드물다.

나는 오늘도 시원한 바람을 맞으며 그물코를 살핀다. 그 그물 문 안에는 내가 소중히 여기는 인연들로 훈훈하다. 그들과 어울려 날마다 바람과 햇살을 느낀다. 이 정스러움이야말로 둘도 없는 내 삶의 원천이다. 생각해보면 나는 참 행복한 어부임에 틀림이 없다.

침문針門

하늘에서 내려온 바늘의 귀
타원형의 또 다른 공간
좁은 것이 아름답다
늙은 카라반이 낙타를 몰고
바늘의 좁은 문을 통과한다
관문을 통과할 때는 어쩔 수 없이 줄을 서야 한다
낙타들은 잇대어 끈이 되고 줄이 되어
바늘에 꿴 실이 되었다

길은 많아도 제 길은 하나뿐인 좁은 문,
좁은 문에서는 고통도 환희로 느낀다
과적한 낙타는 무게만큼 힘들고
비대한 낙타는 나오지 못해 힘겹다
고독한 낙타는 발걸음이 더디다

낙타의 줄로 남루한 천공天空을 꿰맨다
구름이 흔적 없이 제 갈 길을 가듯
하늘에는 자국이 남지 않았다

문밖 아른한 한 세계가 있어
좁은 문을 통과한 일은 욕망의 다른 이름을 얻는 것
마음속에는 열지 못한 단단한 쪽문 하나 달고
갑피를 두른 달팽이처럼 큰 걸음을 놓아본다

지나온 자국이 지워지고
기다란 속눈썹에 잠긴 늙은 낙타
꿰맨 천공을 물끄러미 바라본다

여자의 마음

아내는 아이들의 엄마로 혼신을 다하면서도 평생을 아름답고 싶은 마음으로 꽃과 같이 살고 싶어 했다

아내의 마음속에는 항상 메워지지 않는 빈자리가 있었다. 때로는 혼자 여행도 하고, 어떤 때는 수다를 떨며 마음의 빈자리를 채우고, 창이 넓은 찻집에서 혼자 차를 마시고 싶기도 했다.

아내의 생활은 자유로워 보였지만 희생이라는 결박의 끈으로 꽁꽁 묶여 있었다. 여자는 누구도 모르는 자기만의 고독과 외로움의 빈자리가 있었다. 마음은 생활에 한 치의 틈이 없으면서도 어느 때는 손지갑을 들고 꼭 필요하지도 않은 물건을 사기도 하고, 또 낙엽이 지는 길을 혼자서 하염없이 걷고 싶어 하기도 했다.

그런 여자가 중년이 되면 스스로 지난 세월 앞에 초라해져서 자멸해 버리기도 한다. 그러면서도 그 자리에 가까스로 안주하여 가족을 보며 위안을 얻는다. 다른 사람의 관심이나 눈길 따위에 초연해져서 자유로워졌음에도 불구하고 꼿꼿한 것 또한 여자이다. 세월의 나이를 먹고 머리에 서리가 하얗게 내려도 너그럽게 온 가족을 품는 것이 또한 여자이다.

그러나 뭐니뭐니해도 중년 여자의 아름다움이란 세상을 향한 정스러운 마음의 향기다. 속내가 아름다운 여자는 나이 속에 향기를 품고 있다. 그 향기는 말씨에서 묻어나고 미소에서도 묻어난다. 나이가 더해 갈수록 그 향기는 더욱 은은해지고 깊어진다. 그런 중년의 마음이야말로 그 어떤 것도 흉내 낼 수 없는 빈 새장 같은 마음이다.

빈 새장

행사 답례로 잉꼬새 한 마리를 받아
오는 길에 새집 들려 짝을 지어왔다
새장 문을 열어두면 현관을 유회하며
아내의 머리 위에 앉아 변을 갈겨
손사래를 치게 하던 천덕꾸러기, 한 마리가 죽었다
며칠 후 남은 한 마리도 따라갔다
천 년의 어둠으로 날아가 버린 새
새장에 가지런히 몸을 두고 떠났다
낙조를 건너가는 새 영혼, 이 밤 어디에서 잠들까
새가 있을 때 아내는 깊은 정을 서로 나눈 것을 몰랐다
양지바른 화단에 묻어준 후 우울하고 고적한 마음을 재웠다
서쪽 하늘만 봐도 괜히 서러워 낙엽보다 더
물기 없는 한 사람이 빈 새장 곁에 있다
기억을 새처럼 날려 보낸 아내,
왜, 죽게 했냐고 푸념이 약처럼 점점 많아진다
보내고 난 빈 새장,
겨울의 예감이 쇠창살 사이로 들어 와 새의 심장을 쉬게 만들
었다
밤이면 잠결마다 찾아와 머리를 쪼고 날개를 퍼덕거린다

새와 인연이 노래가 되고 상처가 되어버린 아내
종일 눈 시리게 새장을 쳐다본다
며칠 후 시월의 순금 같은 골든 앵무 한 쌍을 사 왔다
모이와 물을 주는 아내 얼굴이 황금빛이다

손은 어디에 두어야 하나요

젊은 시절에 보았던 추억의 영화 중에 '누구를 위하여 종은 울리나'가 있다. 여자 주인공인 잉그리드 버그만이 첫 키스를 하는 장면에서 남자에게 이렇게 말한다.

"키스할 때 손은 어디에 두어야 하나요?"

키스할 때 손의 위치를 어디에 두어야 할지 모르겠다는 그 순수함이 지금도 잊지 못하는 장면으로 떠오른다.

누구나 첫 키스할 때의 순수함을 기억하고 있을 것이다. 그런 순수를 평생 지니고 살 수 있다면 얼마나 좋을까. 그러나 막상 인생을 살다 보면 항상 첫 키스의 순간 같은 마음으로 사는 사람은 드물다. 기나긴 삶의 여정 속에서 그 순수함을 고스란히 지키고 산다는 것은 어쩌면 불가능한 일인지도 모른다. 순수를 지키는 일이 쉽다면 애당초 첫 키스의 기억은 아주 쉽게 묻혀버렸을 것이다.

누구나 첫 키스할 때 두 손을 어디에 두어야 할지 몰랐던 시절이 있다. 그러나 세월에 묻혀 여자와 남자는 점점 첫 키스의 순수함과는 거리가 먼, 삶의 달인이 되어 간다.

삶의 깊은 여백 속에는 첫 키스의 순수함과 떨림이 숨어 있다. 어떤 사람은 숨은그림찾기 하듯 끝없이 그 순수와 떨림을 찾으며 살아간다. 어쩌면 내 삶 속에도 그것들이 살아 숨 쉬고 있을지도 모른다.

설거지를 마친 아내의 손을 가만히 잡아본다.

지금 아내의 손은 그때 그 시절 어디에다 둘 줄 몰라 쩔쩔매던 바로 그 손이 아니던가.

접문接吻

피콜로 소리 같은 것
울음보다 더 깊은 곳으로

해바라기는 아무 말 없이
꽃 속으로 수액이 흐른다

처음은 언제나 서투르고 어설픈 것
숨이 멈춘 것 같지만 그다음에 오는
그것은 아무도 모른다
배롱 꽃을 물고 있는 나비는
안으로 안으로만 타는 넋을 달랜다

붉은 노을이 뺨에 젖을 때까지
고음의 소리가 들린다

울음보다 더 깊은 두 입술이 겹쳤다

함께 했을 때 가치가 더해진다

—

유럽 여행을 하면서 가장 인상에 남았던 곳은 스위스의 '융프라우'였다.

여기에는 '인터라겐'이라는 자그마한 도시가 있는데 두 개의 아름다운 호수가 있는 곳이다. 호수의 물은 수정처럼 맑고 고요해서 신혼여행을 온 사람들의 드라이브 코스로 유명하다. 이 호수의 물은 알프스의 만년설이 녹아 흐르는 곳으로 마치 거울 같다.

노을 진 저녁이면 호수는 황금빛으로 변하여 연인들의 발걸음을 멈추게 한다. 이 아름다운 도시를 보면 사랑하는 사람이나 가족들과 같이 보았으면 얼마나 좋을까 하는 생각이 절로 든다.

1박을 한 후 아침 일찍 톱니바퀴 기차를 타고 올라간 알프스 산은 정말 아름다웠다. 이름 모를 들꽃이 지천에 깔려 있어 색색이 모자이크를 해놓은 듯했다. 한참을 오르다 보니 산 정상인 융프라우였다. 만년설이 수만 년 동안 쌓이고 쌓여 마치 시루떡을 엎어 놓은 듯 층층이 눈이 부셨다. 같이 오르던 젊은 남녀들이 스키를 타고 점점이 사라졌다. 좌우로 흔들며 미끄러져 가는 스키맨들이 사라질 때에는 마치 철새들이 무리를 지어 날아가는 듯했다.

이 아름다운 풍경을 혼자 보았다면 과연 무슨 맛이 나겠는가. 여행은 누군가와 같이 했을 때 그 가치가 배가 된다. 맛있는 음식도 혼자 먹을 때보다 좋은 사람들과 함께 먹는 것이 훨씬 행복한 것처럼 말이다.

　어디서 누구하고 멋진 풍경을 보았는가와 누구와 함께 맛있는 요리를 먹었는가 하는 것은 대단히 중요하다. 함께 보고 듣는 즐거움이야말로 여행의 절정이다. 가까운 길은 혼자 가도 먼 길은 친구와 함께 가라는 말도 있지 않은가.

　나는 오늘도 가이드북을 들춰 본다. 어디를 누구와 함께 갈까, 또 맛있는 음식은 누구하고 함께 먹을까 하는 행복한 고민에 빠져든다.

여행

기적소리가
잊었던 기억을 깨우는 날이면
어디론가 떠나고 싶다

차표 한 장의 마음이 되어
터널을 지날 때면
어두운 창가에 비치는
낯익은 얼굴 하나

꿈속 시간처럼
세월을 지나는 풍경 속에서
함께 같은 곳을 바라보고 싶다

업적

———

오래된 것들은 귀하다. 아니, 귀한 것들은 오래 남는다.

시간이라는 것은 잠시 잠깐 지금이었다가 곧바로 과거로 간다. 미래라는 시간은 그렇게 아주 잠깐 지금이 되었다가 또 어느새 과거가 되어 흘러간다. 그 시간 속으로 이 세상 모든 것들이 흘러들어 간다. 사람들도 그 시간의 물길에 실려 저만큼, 혹은 까마득히 멀어져 간다. 호랑이는 죽어 가죽을 남기고 사람은 죽어 이름을 남긴다는 말이 있다. 어쩌면 사람은 죽어 끊임없이 경험과 지혜를 남기지 않을까.

우리가 살아가는 모든 방식은 먼저 간 사람들이 쌓아 놓은 업적이다. 먹고 자고 싸는 본능이라는 것도 앞서 간 유전자들의 업적이다. 날마다 새롭게 태어나는 편리한 도구들도 모두 역으로 추적해 보라. 아주 오래 전 누군가로부터 시작된 원형이 있을 것이다.

어떻게 살아야 하는가, 라는 것에 대한 해답도 내가 발견해낸 것이 아니다. 내가 추구하는 가치관도 이미 오래전부터 검증되어 온 먼저 간 사람들의 업적이다. 그 업적들이 없었다면 오늘날의 세상은 없었을 것이다.

선이 악을 이긴 업적, 부지런함이 게으름을 이긴 업적, 진실이 거짓을 이긴 업적, 믿음이 불신을 이긴 업적, 사랑이 무관심을 이긴 업적, 이 모든 업적들이 없었다면 세상은 오래전에 허물어졌을 것이다.

어린 시절, 어느 집 사립문이 훤히 열렸어도 함부로 남의 집에 들어가지 않았다. 또 남의 채마밭 푸성귀에 맺힌 이슬도 주인의 땀방울로 여겨 함부로 손대지 않았다. 어른이 되어서는 내 가족을 지켰다. 게으름 피우지 않고, 시간을 아끼고, 남을 짓밟지도 않고, 사랑하는 사람을 함부로 버리지도 않았다. 나이가 깊어가면서부터는 겸손할 줄 알고, 욕심을 비울 줄 알고, 감사할 줄 알게 되었다. 이것은 모두 내가 세운 업적이 아니다. 저 먼 시간에서 내려온 업적을 가져다 쓴 것일 뿐이다.

잘 살펴보라. 지금 겪고 있는 많은 일들은 옛사람들이 모두 비슷하게 겪었던 일들이다. 사람 사는 틀은 크게 변하지 않는다. 대치해 놓고 보면 옛사람들이 했던 지혜와 별 차이가 없다. 옛말에 어른 말 잘 들으면 자다가도 떡이 생긴다고 했다. 틀린 말이 아니다. 귀한 것들은 오래 남는다. 오래오래 남아서 우리들의 살이 되고 피가 되어 왔다. 우리들은 그 힘으로 또 업적을 이어가고 있는 것이다.

주름진 생각

거울 속에서 나를 바라보는 주름살
한 번도 보지 못하고 만나지 못한
시간이 휘청거리고 넘어져 골이 생겼다

젊은 날에는 오는 것 보이더니
나이 드니 가는 것만 보인다
비밀을 둘 곳 없어 그곳에 감췄더니
마음속까지 주름이 앉아 있다

커튼은 주름질 때만 밖이 보이고
꽃은 주름지며 향기가 나고
주름치마는 주름이 많아야 아름답듯

얼굴 주름 속에는 연륜이 있는데
사람들은 펴고 당겨 지금을 지우려고 한다

나는 주름만큼 나를 사랑한다

최태랑 작품집

하나인 듯 둘이고, 둘인 듯 하나인 삶

어떤 시인은,
'부부란 결코 하나가 되어서는 안 되는 것'이라고 했다.

한쪽이 완전히 굴복하거나, 한쪽이 자기 존재를 완전히 포기한다는 것은 부부로서 아무런 의미가 없다는 것이다. 술자리에서 누군가 부부는 일심동체一心同體가 아니라 이심이체二心二體가 되어야 하지 않느냐고 말해서 웃은 적이 있다. 두 몸과 마음이 하나가 되면 서로 불편만 할 뿐이라는 것이다. 건강한 분리가 건강한 관계를 낳지 않겠느냐는 것이다. 각자 따로 살자는 게 아니라 서로에게서 독립된 정신을 갖자는 얘기였다. 들으면서 일리가 없는 말은 아니구나 하는 생각을 했다.

부부라는 뿌리는 하나지만 머리는 둘인 콩나물처럼 상대의 정신세계를 인정하면서 한곳을 향해 가야 한다. 다시 말하면 한몸이 되어 살아가면서도 두 사람의 존재가 각각 살아 있어야 건강한 부부의 삶이라는 말이다.

그렇게 되기 위해서는 먼저 서로 마음을 비워야 한다. 내가 마음을 비우고 있어야 상대를 받아들일 수 있는 자리가 생긴다. 또 상대를 내 것으로 소유하려는 집착, 상대를 내가 원하는 분재처럼 만들어가려는 욕심을 버려야 한다. 그리고 상대에게만 모든 것을 의지하려는 이기심도 버려야 한다. 결혼 생활의 고통은 이 소유욕과 집착과 이기심으로부터 시작된다. 어떤 관계든 일방적이 되면 그 관계는 오래 유지되지 못한다.

결혼이라는 제도도 일종의 계약이다. 구체적인 계약서 한 장 없이 사랑이라는 조건 하나로 성사되는 계약이다. 그렇게 심사숙고해서 성사된 관계가 쉽게 어그러지는 것을 보면 안타깝다. 사람 관계, 특히 한 번 부부로 맺어진 다음에는 안 보면 그만인 관계가 되는 것도 아니고, 맺고 끊는다고 금방 똑 끊어지는 것도 아니다. 남남이 만나서 사는 일도 쉽지 않지만 다시 남남이 되는 것도 쉬운 일이 아니다. 어찌 되었든 한 번 맺어지면 남이면서도 남이 아닌 듯 사는 방법을 터득해야 한다. 그렇게 하나인 듯 둘이고, 둘이면서도 하나인 듯 살 수 있으면 된다.

사랑하는 사람의 손을 잡아보라. 손의 따뜻함이 전해져 오거든 이 따뜻함이 어디서 오는가를 생각해 보라. 사랑하는 사람의 손이 그렇게 따뜻하게 살아 있기에 내 손도 함께 따뜻할 수 있음을 잊지 말아야 할 것이다.

샌들 한 짝

아내의 샌들 덮개가 떨어졌다
오 년 전 봉천동 재래시장 노상표 신발
짝지어야 가는 쌍, 한쪽이 멈춰선 지 오래다

바닥 안쪽 반대편이 더 닳았다
수술한 왼쪽 무릎을 지탱해 준 오른발
왼쪽의 무게까지 안고 절뚝거리며 걸었다

신발장 위에 큰딸이 사온 구두를 두고
왜 이 샌들만 고집했을까
지문을 지우지 못하고 회귀하는 발자국
누구보다 아내의 발을 잘 알고 있는
샌들이 떠나지 않고 있다

보내지 못한 소식처럼
살아온 날보다 긴 여정을 걸어서
아내의 기억은 지워지기 마련이다

나무에 찍힌 새의 발자국도

바람에 지워지고

어젯밤 뜰을 거닐던 달의 발자국도

사라져버렸다

들꽃도 제 발자국을 지우는데

샌들의 발자국은 지우지 않고 있다

짝을 잃은 신발,

차를 몰고 재래시장 찾아가 낡은 신발을 고쳐 왔다

비로소 제짝을 찾았다

마음을 담을 수 있는 그릇

돈으로 사는 세상이다 보니 문밖을 나서는 가족 뒤에서 흔히 하는 인사가, "돈 있느냐?"이다. 문밖에서 몸이 움직이려면 주머니 속에 차비라도 있어야 한다. 집 나간 자식을 애타게 기다리다가도 혼잣말로, "돈 떨어지면 들어오겠지." 라고 한다. 그러니 싫든 좋든 돈을 모시고 살아야 하는 세상이다.

돈만 있으면 귀신도 부릴 수 있다는 말이 있다. 돈 앞에서는 귀신도 꼼짝 못하는가 보다. 돈으로 사람과 권력을 움직이고, 돈으로 세상을 움직인다. 그러나 이렇게 힘센 돈이지만 돈으로 안 되는 것도 있다. 돈으로 살 수 없는 마음이 있다. 돈으로 살 수 있는 마음은 거짓 마음이다. 진짜 마음은 돈으로 움직이지 않는다. 그러나 마음을 돈으로 살 수는 없지만 돈에 마음을 담을 수는 있다. 사랑하는 사람을 위하여 쓰는 돈은 아깝지 않다.

돈은 쓰는 사람의 의도에 따라 남의 약점을 이용하는 간사한 무기가 될 수 있고, 아름다운 소리를 내는 악기도 될 수 있다. 쥐고 있는 사람의 의도에 따라 돈은 동전의 양면을 수시로 보여준다.

사람이 가지고자 하는 소유욕은 끝이 없다. 포기와 양보의 적정선을 만들기란 얼마나 어려운 일인지 모른다. 얻어도 또 얻고 싶은 게 사람의 욕심이다. 또 다 얻었다 해도 그릇에 다 차지 않는다고 느끼는 것 또한 사람의 마음이다.

옛사람들은 적은 돈이라도 반드시 봉투나 종이에 싸서 주고받는 것을 예의로 여겼다. 주고받음의 배려나 자존심과 품격을 지키라는 의미이다. 또 맨 얼굴을 드러낸 돈이 얼마나 비루하고 무례할 수 있는지 경계하라는 의미이기도 하다. 돈 그 자체는 악하지도 선하지도 않다. 다만 쓰는 사람에 따라서 무기나 흉기가 되어 상대를 다치게도 한다.

돈은 물신인가, 아름다운 소리를 지닌 악기인가 잘 판단해서 행해야 한다. 그 선택은 각자 손에 달려있다. 돈은 너무 멀어지면 불편함이 따르고, 너무 가까우면 속물이 되기 쉽다. 적당한 거리를 두고 가까운 듯 먼 듯 살아야 한다. 그래도 뭐니뭐니해도 돈에 사랑하는 마음을 담을 수 있을 때 가장 행복하다. 사랑하는 가족에게, 사랑하는 친구에게, 사랑하는 이웃에게 마음을 담아 뭔가를 표시할 수 있을 때 느끼는 돈맛이 가장 배부르고 보람이 있다.

말

말은 잘못 전해지면 아니 한 것만 못한 경우가 있다.

어느 날 동창들의 모임이 있어 즐거운 시간을 갖는 중이었다. 어느 동창이 자신의 아들 결혼식이 있다고 공지를 했다. 친구들 대부분은 자식들을 다 결혼시킨 상태였다. 그런데 여태 한 번도 결혼식이 있다는 말을 들어 보지 못한 동창이라 그 친구에게 물었다.

"이번이 개혼開婚인가?"

그러자 친구의 대답이, "아들이 하나……." 라며 머뭇거렸다.

그래서 생각하기를 집안에 처음 있는 개혼이겠구나 했다.

동창회 모임이 무르익어 한참 정겨운 이야기꽃을 피울 때, 그 친구가 슬그머니 자리를 떴다. 며칠이 지난 후 그 친구로부터 문자가 왔다. 열어보니 욕설과 함께 남의 집안 경사를 그리 우습게 취급하느냐는 내용이었다. 놀라서 전화를 해보니 그날 개혼을 재혼再婚으로 알아들어 오해가 있었던 것이다.

말을 신경 써서 해야겠다는 생각이 번쩍 들었다. 서로 조금만 더 신중했더라면 그 자리에서 잘못 이해한 말과 잘못 전달된 내용을 바로잡았을 텐데 참으로 아쉬움이 컸다. 서로 간에 이해와 신중함이 있었다면 처음부터 오해가 없었을 것이다.

사람에게 받은 상처는 되도록 그 원인을 빨리 알아채고 잊을 수 있어야 한다. 그래야 또 다른 상처를 만들지 않는다. 또 때에 따라서는, '그럴 만한 이유가 있겠지.' 하고 묻어 줘야 하는 경우도 있다. 이 모두가 서로 간의 이해와 배려가 없다면 쉽지만은 않은 일이다.

나 또한 참지 못하고 전화에다 대고 말귀도 못 알아들음을 탓하고 말았으니, 결국 내 말이 또 독이 되지 않았을까 후회가 되어 한동안 마음이 편치 않았다. 한번 뱉은 말은 엎질러진 물처럼 주워담을 수가 없다. 말의 가시도 한번 박히면 잘 빠지지 않는다. 그래서 일단 말은 하기 전에 잘 골라서 담아야 한다.

말은 잘하는 것 못지않게 잘 듣는 것 또한 중요하다. 한 귀로 듣고 한 귀로 흘려보내야 하는 말도 있지만, 두 귀 모두 쫑긋 세우고 들어야 하는 말도 있다. 살아보니 말을 잘하는 사람보다 잘 들어주는 사람이 늘 훌륭했다. 내 입에서 들고나는 말과 두 귀로 들고나는 말을 잘 관리하는 일이야말로 더불어 살아가는 데에 꼭 필요한 수련이라 할 수 있겠다.

말 그림자

딱딱한 이와 부드러운 혀가
한집에 산다

부드러운 혀를 놀릴수록
길어지는 말 그림자
짧은 그림자는 말을 거둬들이지만
너무 길어지면
어디가 처음이고 끝인지 몰라
담을 넘고 길을 건너 바람 따라간다

고요한 입은
위험한 시한폭탄
터지는 순간, 말에 밟히면 중상이다
고삐가 풀리면
말은 폭풍처럼 달린다

말을 가둔 마구간처럼
입을 단단히 잠근다

청춘은 왜 앞에 있는가

—

　신이 인간을 창조함에 있어 가장 아쉬운 점이 있다면 그것은 청춘을 앞에 둔 것이다. 만약 청춘을 뒤에 두었다면 남은 생은 얼마나 아름다울까, 하는 생각을 해본다. 만약 청춘을 뒤에 두었다면 파란만장한 삶을 두루 살고 난 후에 왔으니, 얼마나 귀히 여기고 뜨겁게 받아들일까. 왜 신은 그 아까운 청춘을 인생의 앞에 두어서 아무렇게나 써버리게 만들었을까.

　청춘을 다 흘려보내고 늙어지니 그 청춘만큼 부러운 것도 없다. 신은 무슨 생각으로 그 멋진 청춘을 앞에 두어 이렇게 뒤늦게야 무릎을 치게 만드는 것일까. 아마 신이 보시기에, 인간은 귀한 것을 손에 쥐여줘도 그 귀함을 모르는 어리석은 자들이었나 보다.

　노년의 삶 속에는 운명적인 청춘의 잔해가 고스란히 남아 있다.

　청춘에게 사랑은 활활 타오르는 모닥불이었다면 노년의 사랑은 은은하게 덥혀오는 화롯불이다. 청춘의 정열이 아침 해처럼 솟구쳐 오른다면 노년의 정열은 저녁노을처럼 붉게 번진다.

　청춘의 시간은 거리낌이 없이 내달리나, 노년의 시간은 조용조용 주변을 살피며 절제하며 간다. 청춘의 사랑은 뜨겁고 거침이 없으나, 노년의 사랑은 은근하고 애틋하다. 청춘은 날뛰는 사랑이 어디로 가는지 그 행방을 모르나, 노년은 그 청춘을 건너온 경험이 있기에 사랑의 흐름을 잡고 갈 줄 안다. 노년이라고 청춘만 못한 것이 있는가. 청춘보다 은은하고, 절제되고, 애틋하다. 신이 청춘을 앞에 둔 바람에 노년은 그 청춘을 고스란히 기억해 이토록 아름다운 색을 입힐 수 있었다.

신이 청춘을 앞에 둔 이유를 이제야 알겠다. 그것은 아름다운 노년에 손에 쥘 귀한 것이 거기에 있기 때문이다. 그것은 바로 신이 준 최고의 선물, 사랑이다.

훗날 강이 되어

굽이쳐 먼 길
구름과 별을 이고 수평을 거부한 요동이 멈췄다
격동을 보내고
연둣빛 초록 옷을 갈아입었다
물고기와 새들을 불러들여
대가 없이 산란과 배란을 한다
떠나보내는 것에 익숙한 강은
심해의 두려움과 해풍에 용기를 가다듬고
잠시 바다의 호기심이 물 위에 반짝거린다
강은 바다의 일부가 되고서야
한생의 이름을 버렸다
그렇다고 완연히
소멸한 것도 아닌데
이름마저 버리고 묻혀버릴 한생의 완성이다
훗날 강이 되어

손은 깊은 말을 한다

—

모든 종교는 자신이 추종하는 신神에 대하여 믿음을 책목責目으로 하는 것이 본질이다. 그러나 종교가 인간의 생활 자체에 들어와 실행을 내세우는 행실주의로써는 조금 미흡하다.

어거스틴은 아프리카의 빈민촌에서 태어나 어린 시절에 가난이라는 어려움을 이겨가며 지혜로운 어머니의 교육 속에서 자랐다. 그는 어머니의 뜻에 따라 가야 할 바를 바르게 실천해 온 사람이다. 그가 말하기를 종교는 그 본질이 믿음과 사랑 안에 있으나 인간의 삶 속에서의 실천은 손과 발에서부터라고 했다. 제 아무리 숭고한 믿음과 교리라도 손이 없는 말은 사랑이 아니라는 것이다. 사랑을 실천으로 옮긴 그는 죽어서도 그 이름 앞에 성聖자를 붙여 성인으로서 추앙받고 있다.

자기가 할 수 있는 일을 하지 않는 것은 부끄러운 일이다. 게으르고 무능하고 비양심적인 짓이다. 사람의 손과 발이 각각 둘인 것은 자기 자신을 지키고 주변의 이웃까지도 살피라는 뜻이다.

그래서 말보다 더 깊은 것이 실천이다. 실천이 없는 말은 허세이며 교만이다. 산을 옮길 만한 믿음일지라도 참다운 실천과 사랑이 없다면 그것은 말이 아니라 그저 소리에 불과하다. 당신은 말을 하겠는가, 아니면 소리를 하겠는가.

새벽 기도

외딴 남해섬 따개비처럼 붙어있는 어촌마을
언덕배기에 조개껍데기 같은 예배당이 있다
십자가 위엔 샛바람이 얹혀 있고
한 여인이 새벽 샘물 같은 기도를 한다

세상과 건널 수 없는 바다가 가로지른 이곳에
여객선을 타고 온 전도사 부부가 개척한 교회
주일이면 한두 사람이 모여 예배를 드린다
뒤따라온 썰렁한 바람이 빈 자리를 채운다
초승달이 창문 틈으로 빠끔히 들여다보고
하나님도 문 앞까지 서성이다 가셨다
간밤 전도사는 아픈 아이를 업고 대처로 갔고
떠난 부두에는 애탄 파도 소리만 엉겨 있다
파란 달빛이 쏟아지는데
지난 태풍에 행방 모르는 남편을 그리며
냉골 바닥에 엎드려 혼자 기도를 한다

새벽 뱃고동소리가 아득히 멀어진다

직진直進이 우선이다

자동차는 직진이 우선이다. 물론 머리를 내밀어 먼저 진입했을 때에는 다른 경우지만 보통 직진하는 차에 우선을 둔다. 사람도 어느 시점에서 길을 선택하게 되면 꾸준히 직진으로 달리는 것을 원칙으로 두어야 한다.

고난 없는 영광은 없다.

사람은 무한한 도전 속에서 성장한다. 도전에 실패한 사람은 삶을 실패한 사람이 아니다. 아무것도 하지 않으려는 인생이야말로 실패한 생이다.

사람은 본인의 의사에 반하거나 아니면 타의적으로 선택을 해야 하기도 한다. 그리고 그것에 대한 도전으로 최선을 다해 결과를 얻는다. 선택 후에는 목표를 향해 묵묵히 한길을 가야 한다. 이것저것 좌우로 흔들리면서 가는 사람은 실패가 많다. 그렇게 가다가는 힘도 더 들고 시간도 더 많이 소비된다.

직업이나 사업도 이것저것 자꾸 바꾸는 사람은 실패하기 쉽다. 인생의 성공을 바란다면 쉽게 꺾이지 않는 고집이 필요하다. 방향 전환이나 회전을 많이 하지 말고 오직 직진을 우선으로 해야 한다.

線 하나 그어주오

곧고 정직한 해, 그대였소
삶은 남루하고 자유스런 공간
여백 또한 충분했다오
혹시 모르오 타인이 거부한 공간
뭉개고 어질러도 좋소
절제된 한 줄만이라도 써주오

쓸 말이 가뭇해도
어진 선線 하나 그어 주오

그대가 처음부터 해줄 말은
더듬더듬 내민 말
어쩌면 생의 선문답 같지만
손길 가만히 내 쪽으로 오게
그 선을 따라 봄을 맞으러 가겠소

새로움은 사라짐에 있다

———

폐는 접두사로써 낡아서 쓸모가 없어진 이름 앞에 붙인다. 우리가 쓰고 있는 수많은 도구들은 꾸준히 인간이 사용하기 알맞게 변해 왔다. 그러다가 때가 되어 낡게 되면 저절로 거기에 폐廢 자가 붙었다.

서해안에 펼쳐진 폐전된 염전들을 바라본다. 근처 개개비의 울음소리가 더욱 애달프게 들린다. 그 울음소리는 자못 곡비哭婢에 가까운 설움을 지녔다. 한때 눈부시게 소금 꽃을 피우던 이 너른 벌판도 세월 속에서 몰라보게 낡아져 버렸다. 점점 잊혀져 가다 언젠가는 흔적마저 사라질 것이다.

텅 빈 쓸쓸한 염전에 한때 활기찼던 시절이 희미해져 간다. 그러나 사라짐은 또 다른 탄생과 지속성을 위한 두엄 역할을 할 것이다. 영원한 것은 없다. 서해안의 폐전된 염전이나 유행이 지난 도구들처럼 모두가 새로운 것에 밀려나는 것은 자연스러운 일이다.

서해안의 염전뿐이겠는가. 자동차의 타이어가 그렇고, 쓰던 농기구도 그렇다. 모든 도구가 다 그러하듯이 한때는 쓸모가 있어서 인간에게 좋은 용도를 제공한다. 그러나 때가 되면 낡고 병들어 버려지게 된다.

사람의 생도 마찬가지이다. 지금은 우리가 주인이지만 언젠가는 우리도 다음 세대와 교체되고 밀려나게 될 것이다. 그 자리에 모든 것을 두고 떠나야 할 때가 올 것이다. 늘 그래 왔듯이 새로운 것은 사라짐에서 생겨난다.

폐廢

서해안 갈대숲 허리에 매달린 개개비 울음소리
그 부리 속 녹아있는 붉은 소금기
잰걸음 나붓거리며 하늘로 뛰어가는
가뭇없이 가버린 소금밭 새 발자국

어디, 버려진 것이 염전뿐이랴
폐가, 폐선, 폐교, 폐차, 폐품,
폐경도 그 여인에게서 떠나갔다
이제는 모두가 시든 망초꽃
지난날 살가운 것이 시들어졌다
버려진 것들은
점점 망각의 늪으로 스러져 갔다

새로움은 없어짐에서 온다

아버지의 비밀

—

세 식구가 여행 중에 교통사고가 났다. 자동차가 언덕 아래로 구르는 큰 사고였다. 어머니만 상처가 가벼웠을 뿐, 아버지와 딸은 모두 크게 다쳐서 병원에 오랫동안 입원을 해야 했다. 특히 딸은 상처가 깊어 오랫동안 치료를 받았음에도 불구하고 평생 목발을 짚고 다니게 되었다. 당시 사춘기였던 딸은 무엇보다도 마음의 상처가 깊었다. 그나마 같은 목발 신세가 된 아버지가 딸에게 유일한 위안이었다. 아버지도 교통사고 이후 목발을 짚고 다녔다.

딸의 마음을 너무나 잘 헤아렸던 아버지는 살뜰히 딸의 마음을 챙겼다. 그런 아버지를 통해 딸은 조금씩 안정을 되찾아갈 수 있었다. 딸에게는 아버지와 공원 벤치에 나란히 목발을 기대놓고 앉아 이런 저런 얘기를 나누는 것이 가장 행복했다.

어느 날 세 식구가 길을 가고 있었다. 때마침 그들 앞에서 꼬마 아이가 공놀이를 하고 있었다. 그런데 공이 큰길로 굴러가자 꼬마는 그 공을 줍기 위해 자동차가 오고 있는 큰길로 뛰어드는 것이 아닌가. 이때 놀라운 일이 벌어졌다. 아버지가 목발을 내던지고 큰길로 뛰어들어 꼬마를 안고 길 건너 쪽으로 달려가는 것이었다. 순간 딸은 자기 눈을 믿을 수가 없었다. 잠시 후 어머니가 딸을 꼭 안아주며 이렇게 속삭였다.

"애야, 이제는 말을 해야 할 것 같구나. 사실 네 아버지는 다리가 아프지 않았 단다. 퇴원 후에 다 나았거든. 그런데 네가 목발을 짚어야 된다는 사실을 알고 나서 아버지도 목발을 짚겠다고 자청하셨다. 너와 아픔을 같이 해야 된다고 하 시면서 말이다. 이건 아버지와 나만 아는 비밀이란다."

길 건너편에서 손을 흔들고 있는 아버지를 보는 딸의 눈에 하염없이 눈물이 흘러내렸다.

아버지의 길

이 세상 모든 자식들은 아버지 열매로 태어난다
늘 목침베개를 하고 누워
구름에게 길을 얻어 꿈을 꾸며 살아온 아버지,
그 꿈이 무엇인지 모르고 자랐다
배를 타고 넓은 바다로 가고 싶었던 아버지
그 꿈은 돌담을 넘지 못했다
구름 너머 사막 길을 달리던 외로운 낙타
집에 들어서면 아버지도 아버지가 된다
떠들썩한 군상 틈에 섞이면 무리 속 참새가 되고,
퇴근길 마포의 선술집, 돼지껍데기 유두를
젓가락으로 만지며 깔깔대던 어린아이 같은 아버지
가로등이 흔들거리는 골목길을 걸을 때면,
손을 잡지 않아도 언제나 눈은 내 쪽에 있고 마음은 보자기 속
에 있었다
저녁상을 마주하면
이미 아버지는 나에게 밥을 떠먹여 주고 있다
아버지 세월은 물 위를 걷는 노을
어둠이 차갑게 찾아온다

혹에 물이 빠지고 어깨가 처져있는
그 늙고 힘없는 낙타 등에 타고 있다
내려가려고 발버둥을 쳐도 아버지 손은 놓지 않는다 아버지 얼굴에는
저녁 햇살보다 더 붉고 굵은 땀방울이 쇳물같이 흐른다
뼈에는 송송한 구멍이 나 그 구멍 사이로 회오리 바람이 분다
잠시 문을 열면 어느 틈인가 통증이 찾아와 몸을 뒤적이는 날이 많았다
신화처럼 사막을 달리던 아버지는 어디 가고
허파로 들어가는 양이 점점 줄어든 숨소리에는 잔바람이 인다
아버지가 눕는 것은 온 식구의 통증,
오늘도 그 통증이 걸어간다
지나온 길이 아름답다

핸드폰과 가위

좁은 지하철 좌석에서 두 다리를 쩍 벌리고 앉은 남자를 본다. 전봇대 아래에서 한쪽 다리를 들고 찍 오줌을 갈기며 영역 표시를 하는 개를 연상케 한다. 양 옆에 앉아가는 사람들의 표정은 모두 구겨져 있거나 애써 감추는 모습이 역력하다. 그런 좁은 공공장소에서까지 영역을 확보해서 어쩌자는 건지 참 꼴불견이다. 게다가 그 표정은 뻔뻔하기까지 하고 값싼 우월감에 푹 빠져있는 얼굴이다. 한마디로 곱게 늙어가긴 글러 보이는 면상이다. 그런 쩍벌남 옆에는 호된 눈빛의 승객이 앉았다가 내릴 적에 구두 굽으로 한 번씩 밟아줬으면 좋겠다. 그것도 억! 소리 나게 말이다. 나는 간혹 그런 인간 옆에 앉게 되면 인정사정없이 무릎으로 쳐버린다. 요즘은 그 계층이 넓어져서 젊은 사람들이나 여자도 간혹 그런다 하니 참 어이가 없다. 도덕 윤리 의식이 무너진 탓인지, 각박한 사회 탓인지 아무튼 그 히스테리가 미스테리하다.

남자라고 모두 쩍벌남으로 나다니지는 않는다. 그리고 아무 데서나 영역 표시를 하지도 않는다. 결국 약해빠진 남자들이 그 짓을 자청한다. 약한 여자 앞이라고 한번 폼이라도 잡고 싶겠지만 여자라고 함부로 봤다간 큰코 다친다. 뾰족한 발굽에 밟힐 수도 있지만 핸드폰을 들이대거나 가위로 들고 덤빈다면 어쩔 것인가. 그때는 찍소리 않고 벌어진 다리를 잭나이프 접듯 재빨리 접어야 할 것이다. 쩍벌남은 "나 별 볼 일 없는 놈이오!" 하고 온 천하에 고하는 짓이니 어디서든 두 다리는 알아서 잘 모시길 바란다.

쩍벌남

커뮤니티 사이트에 어느 도촬꾼이 올린 하이힐 킥 동영상
양다리를 쩍 벌린 사내가 힐에 차인 민망한 장면이다

나이가 들수록 벌어지는 두 다리의 각도는
나만 편하면 된다는 이기심이다
옆자리 V자에게 밀린
11자는 구석으로 밀리다 밀리다 결국 화산처럼 폭발했다
오므리라, 오므리라 수없이 되뇌었을 그녀
그 옆 우둔한 사내가 일격을 당했다

여자는 은밀히 비밀을 간직하고 있지만
남자란, 질그릇같이 한 번 차이면 깨지기 쉬운 급소
함부로 쩍 벌린 쩍벌남, 그곳은
두 개의 씨알이 웅크리고 있다
그녀가 점잖게 일어나 셀카나 가위를 들이대면
쩍벌남은 잭나이프처럼 닫히고 말았을 것이다

앞으로 쩍벌녀도 등장한다는데 대적할 방법이 없다

이런 내 동창들

참 유별난 고등학교 동창들이다. 우리는 매월 종로 5가 피맛골이 끝나는 곳에 허서방이라는 육고기 집에서 모인다. 모였다 하면 술판부터 벌이는데, 일단 폭탄주가 시계 방향으로 혹은 반시계 방향으로 획획 돌아간다. 그런 후에 주류와 비주류로 판이 갈려서 왁자하게 이야기꽃을 피운다.

예술학교 출신 동창들이라 모두가 하나같이 개성들이 이만저만이 아니다. 나이들은 먹어도 모두 입심들과 끼가 얼마나 대단한지 혀를 내두를 정도이다. 모두 묘한 별명들도 하나씩 가지고 있어서 처음 듣는 사람들은 배꼽이 빠지도록 웃는다.

외국 생활을 오래 했다는 '가물치'는 한번 화두를 잡았다 하면 거침이 없다. 한창나이 때에 힘 좋았던 자랑은 갈수록 그 허풍이 세져서 질펀하기 그지없다.

그 옆에는 삼천 원 커피값에도 수표를 내밀며 계산하겠다고 나서지만 아직 한 번도 커피를 산 적이 없는 '만년수표'가 앉아 있다. 벌써 20년째이다. 그 친구는 그림을 그리는 퇴직 교수로 그 역시도 직업상 말발이 한 치도 밀리지 않는다. 한창 잘 나가던 때에는 예쁘고 젊은 예술과 학생들의 학점을 쥐고 흔들었다는 단골 얘기는 매번 빠지지 않고 나온다. 한번 붙었다 하면 떨어지지 않는 '낙지발'도 늘 빨판이 활발히 움직이고 있다고 큰소리를 쳐댄다.

무엇이든 빨아 버린다는 '빨대'는 오늘도 소주병에 반쯤 술이 비자 곧 빨대를 꽂는다. 자신의 빨대 실력은 모든 영역에서 발휘된다며 너스레를 떨어댄다. 누구든 걸리기만 하면 빨대의 힘을 보여주리라 큰소리가 이만저만이 아니다. '벽 치기'는 한약방을 지키는 이다. 이 친구는 칠 년 전 간암 수술을 했다. 그래도 아직 멀쩡하다. 오늘도 곰쓸개 약을 한입에 털어 넣고 술잔을 높이 쳐든다. 이이는 짓궂은 친구들로부터 요상한 걸 배워서 집사람에게 써먹다가 이혼 직전까지 갔던 잊지 못할 해프닝을 일으킨 친구이다. 전직 은행 지점장 출신인 '당일치기'는 오늘도 2차를 꿈꾼다. 적당히 술기운이 오르면 2차를 부추기느라 마음이 바쁘다.

나는 술을 잘 못 한다는 것이 익히 알려졌기 때문에 별로 권하지도 않는다. 그러다 보니 나는 매번 취한 친구들의 귀갓길을 챙기거나 아니면 술값을 처리하는 일명 봉새 같은 역할이다. 나는 순순히 그 역할을 매번 즐긴다. 모두 제각각 개성이 강하고 색깔도 가지각색이지만 끈끈한 순정과 의리 하나로 똘똘 뭉쳤다. 누군가 신변에 일이라도 생기면 누가 먼저랄 것도 없이 일제히 들고 일어난다. 그 패기 하나는 젊었을 때나 지금이나 변함이 없다. 이젠 장년 시절도 까마득한, 이가 없는 잇몸 신세이지만 오기로 똘똘 뭉친 우리는 오늘도 변함없이 능청스레 허풍을 질러대며 정모를 갖는다.

오늘은 정모 날

내 친구들은 가난한 예술가 늙은 거미들
정모 날이면 피맛골로 모여든다

소주를 빨대로 빨아 먹는 빨대가 먼저 와 있다
동그란 탁자에 눌어붙은 낙지발,
벽 쪽 노백은 비스듬하다
삼천 원 커피값 이십 년째 수표를 내미는 만년수표 교수는 매
번 늦는다
호시탐탐 내 주머니를 노리는 그들은 나를 봉새라 부른다

오늘도 늙은 거미에게는 아침이슬이 그만이다
꼬깃한 비상금은 회비로 가고
흐름 밖에서 서성일 때면 한 순배의 술은 청량제다
그들의 너스레는 몇 번이나 들었던 뻔한 레퍼토리
이번엔 LA에서 온 가물치가 육연발총을 들었다
여자 몇을 죽였고 아직 총 맞을 여자들이 즐비하단다
죽은 여자는 울지 않는데 이야기 속 여자들은 매번 울었다
낙지발이 회오리 친 소주를 시계방향으로 돌리면

129

병 속 바람이 잠잠해지고 술의 종족은 주류와 비주류로 갈라진다
간암 수술한 벽치기는
곰쓸개를 한 입 넣고 칠 년째 술을 즐기고 있다
오늘은 뻘떡게가 산다고 게거품을 내더니 삼십육계를 했다

땅거미가 진 지 오래 새벽이 걸어오면
꿈도 지워진다는데 그들은 그늘이 없다
총알은 헛방을 날리고 여자에서 정치로 바뀔 때쯤이면
팽팽한 풍선에서 바람 빠지듯 모두 가버리고
두 달 전 상처한 지점장만 혼자 앉아 있다
집까지는 꽤 먼 길이 남았다

어느 석좌교수

문학 강좌에서 나이 칠십이 넘은 노교수의 강의를 들었다. 서울 어느 명문대학교에 출강한다고 하는 제법 유명세를 타는 교수였다. 시집도 일곱 권을 냈다고 했다. 그는 자신이 갖고 있는 어느 유명한 시인의 원전 시집을 내놓고 강의를 했다. 보여주는 그 원전 시집이라는 것은 표지가 양면갱지로 누르스름하게 빛이 바래 있었다. 내용 역시 인쇄본과 자필본으로 조잡하기 이를 데가 없었다. 그의 강의는 거의 대부분 자신의 유명세를 내세우는 내용뿐이었다. 먼 길을 달려간 행사였는데 내용은 없고 듣기 거북한 말뿐이었다. 사람이란 모름지기 업적이 어떻고 경력이 어떻고 간에 사람의 향기가 빠지면 볼품이 없어지고 만다. 그 노교수에게는 향기라고는 코를 씻고 봐도 느껴지지 않았다. 씁쓸한 강의였다.

귀한 것을 소장했다고 해서 그 내용까지 얻은 것은 아니다. 내용과 가치를 모른 채로 갖고 있는 것은 진정한 소장이 아니다. 특히 귀한 책을 소장한다는 일은 그 안에 담긴 정신까지 파악하고 있어야 한다. 맛있는 국밥은 거기에 담긴 맛으로 평가하는 것이지 그것을 담은 화려한 그릇으로 평가하지 않는다. 귀한 책 한 권을 가지고 있다고 해서 그 정신까지 소장했다고 할 수 없다.

꽃래달진

어느 노시인이 소장한
원전 시집을 보았다
중앙서림도 매문사도 아니었고
직접 원작자가 먹으로 쓴
좌행서左行書 시집이다
젖은 글씨가 뭉개질까 뒤로 썼다지만
지금은 뒤로 가거나
역주행한다는 것은
목숨을 허공에 걸어두고 가는 길
바른 눈으로 바로 가도
볼 것 다 보지 못하지만
배알이 뒤틀린 일이 많아 거꾸로 본다
꽃래달진,
꽃더러 빨리 오라는 뜻이다
아예 눈을 감고 봤더니
진달래꽃이 보였다

03

기억을 넘어선 추억

비가 오면 생각나는 그리움이 있다.
사람마다 그리움 하나씩 간직하고 산다.

－「기억 저편에 있는 추억」 중에서

침묵의 대화

동양화의 여백은 깊고 맑다.

그림자가 빛보다 더 강렬할 때가 있다. 빛과 어둠은 서로 반대이지만 나란히 있을 때에는 서로를 더욱 돋보이게 한다.

어둠과 빛은 서로를 살리기도 하고 죽이기도 한다. 어둠 없이는 빛을 돋보이게 할 수 없다. 렘브란트 화가는 어둠을 잘 처리하여 밝음을 아름답게 꾸민 화가이다. 그의 극적인 명암 대비는 그림을 더욱 생생하고 사실적으로 보이게 한다.

이렇듯 한쪽을 낮추어서 상대를 두드러지게 하는 것을 대화 속에서도 찾을 수 있다. 많은 말 속에서 유독 돋보이는 침묵 같은 경우이다. 말은 많을수록 더 많은 말을 낳는다. 많은 말은 도리어 진실을 왜곡시키기도 한다. 수다가 넘치는 자리는 어수선하여 시끄럽다. 번거로운 대화의 자리는 들뜬 거리를 연상케 한다. 그에 반해 침묵은 동양화의 여백처럼 차분한 풍경이 된다.

많은 말보다 침묵이 귀하고 값질 때가 있으니, 이를 행하는 것은 그 사람 속의 깊고 얕음의 차이이다. 침묵도 하나의 언어이다. 침묵도 때로는 소란스러울 수 있다. 침묵끼리는 충돌할 수도 있다. 침묵이 주는 메시지는 말보다 강렬하고 뜨거울 때가 많다.

말이 필요 없는 사이의 침묵은 평화롭다. 말이 어색한 사이의 침묵은 참기 어렵다. 말을 하는 것보다 차라리 침묵하는 편이 나을 때가 있다. 그럴 때는 역시 가장 값진 대화는 침묵이라 하겠다.

모른다

숨 가쁘게 달리는 세대는

늙은이에게

귀를 기울이지 않는다

아직 쓸모 있는 마음도 있는데

침묵도 언어인데

답답하다고 통하지 않는다고 느리다고

그래도 아직 필

입 다문 꽃송이도 있는데

영화 보기

━

마음이 허전할 때면 영화를 본다.

바쁜 일상 속에서 영화 한 편을 본다는 것은 쉬운 일이 아니다. 어쩌다가 시간이 나면 혼자 영화관을 찾는다. 옆 사람 신경 안 쓰고 영화만 보는 것을 원칙으로 한다.

영화 보는 습관은 학창시절부터였다. 예술학교를 다니다 보니 제작 과정을 파트별로 분해해서 보는 습관이 있었다. 영화 촬영 기법이나 조명, 또는 기획, 편집, 그리고 음악까지 두루 어떻게 다루었는가를 혼자 분석해 보는 것이다.

모처럼 자투리 시간이 생겼다. 무엇을 볼까 둘러보다 눈에 띄는 영화가 있었다. 내 앞에서 표를 사는 젊은 연인은 두 손 가득 거품이 소복한 콜라와 팝콘을 들고 서 있다. 나이 든 사람이라고 앞자리를 권했지만 나는 굳이 중간층 한가운데 자리로 표를 끊었다.

영화의 스토리는 어느 조용한 항구에서 시작되었다.

주인공 하나코는 대학 입시에서 떨어진 재수생이다. 기숙학원을 들어갔는데 그곳에서 이치로라는 남자를 만난다. 둘은 공부 외에 시간이 나면 공원을 걷고, 같이 식당에서 밥을 먹으며 정답게 지냈다. 서로 깊이 사랑을 나누는 사이가 되자, 어느 날 이치로가 뜻밖의 제안을 한다. 함께 은행을 털자는 것이다. 하나코와 이치로는 변장을 하고 시골 간이 은행을 턴다. 그리고 돈 가방을 들고 도망을 친다. 뒤쫓는 사람들을 간신히 따돌리고 어느 공원에 이르렀다. 그때 이치로가 하나코에게 이런 말을 한다.

"우리가 이렇게 함께 있다가는 다 잡히고 말겠어. 각자 다른 방향으로 도망치는 게 어때?"

하나코와 이치로는 1년 후 이 시간, 이 장소에서 만나기로 약속을 하고 서로 다른 방향으로 도망을 친다. 물론 돈 가방은 이치로의 손에 들려 있다. 그 후 하나코는 집으로도, 학원으로도 돌아갈 수 없는 처지다. 여기저기 어렵게 떠돌면서 오로지 이치로와 재회할 날만 손꼽아 기다린다.

영화가 이쯤 되면 잠시 내 버릇이 튀어나온다. 이것은 이렇게 처리하고, 저것은 저렇게 처리해야 하는데, 혼자 칼질을 하며 못내 아쉬워하는 것이다. 주인공 하나코의 심리를 잘 처리한 부분에서는 아, 좋구나 하며 고개를 끄덕이기도 한다.

영화의 후반부에 이르자 하나코는 1년이 된 바로 그날 아침 일찍부터 약속 장소에 나가서 이치로를 기다린다. 그러나 해가 다 지도록 이치로는 나타나지 않는다. 돈도 사랑도 집도 다 잃은 하나코 앞에 붉은 저녁노을이 펼쳐진다. 버드나무 가로수 길을 하염없이 걸어가면서 영화는 끝이 난다.

쓸쓸한 하나코의 뒷모습을 앞세우고 영화관을 나온다. 청춘도 사랑도 다 낡아 무뎌진 나이에 보는 한 편의 영화는 늘 이렇게 나 대신 주인공을 앞세우고 묵묵히 돌아온다. 텅 비었던 마음속에 무엇인가 차오른다. 이 맛에 나는 또 어느 날 문득 극장표를 사기 위해 줄을 서게 될 것이다.

말은 해야 하는가, 안 해야 하는가

어느 날 전철에서 한 여인이 입술의 거스러미를 잡아당기다가 뿌리째 찢겨져 피가 나는 모습을 보았다. 문득 저 구문에서 나오는 말에 대해 생각하게 되었다.

말은 유난히 많은 사람이 있고 반면 답답하도록 없는 사람도 있다. 유별나게 말 많고 수다스러운 사람은, 마음에 담아 두는 것이 없어 속 걱정이 적고 무사태평하고 스트레스를 통 모른다. 그런 사람은 떠들다 보면 자기가 무슨 말을 했는지도 잘 몰라 스스로 함정에 빠지기도 한다. 주위의 체면이나 안면도 불사한다. 마치 브레이크가 고장 난 자동차처럼 시끄럽게 달린다. 이런 사람은 통상 무식하거나 인정이 지나치거나 사람 좋아하는 호인이거나 외로운 사람이다. 또 이런 사람은 안으로 말이 깊어지도록 인내하지 못해서 언제나 성격이 급하고 참견을 좋아한다. 그러다 보니 그의 말은 늘 안에서 영글지 못한 설익은 풋과일 맛이 난다.

그 반면에 지나치게 말을 아끼는 사람이 있다. 마음이 있어도 내뱉지 못하고 속으로만 끙끙 앓는 사람이다. 이런 사람은 상대방이 내 말을 어떻게 생각할까 전전긍긍하느라 늘 속이 시끄럽다. 그러니 그의 말은 늘 지나치게 푹 익어 짓무른 과일 같다. 한 마디로 속 터지는 사람이다. 말이 없는 사람은 엉큼한 구석도 없지 않다. 또 하고 싶은 말들을 다 못해서 똘똘 뭉친 마음이 한꺼번에 폭발하기도 한다. 걷잡을 수 없는 마음이 거친 행동을 불러 일으켜 큰일을 저지르기도 한다. 군 시절에도 보면 사고를 치는 병사들의 공통점이 대부분 평소에 내성적이고, 겉으로 봐서는 무척 조용해 보이는 이들이었다.

말이 많아야 하는가, 적어야 하는가는 답이 없다. 사람마다 타고난 천성이 있기 때문이다. 다만 적절하게 조절할 수 있어야 한다. 말이 많고 적음을 떠나 각자 장단점을 찾아 스스로 알아서 조절하는 것이 중요하다. 말이란 사람과 사람 간의 관계를 잇는 다리이다. 다리가 부실하면 관계도 부실해진다. 더불어 잘 살아가려면 말을 잘 다스려야 할 것이다.

위험한 방

옆자리 여인이 립글로스를 꺼낸다
손거울 속으로 들어간 입술
립글로스도 따라 들어간다
구문ᄆ吻에 문고리처럼 매달린 거스러미
거울이 얼굴을 잡아당기고 뿌리째 찢겨져 피가 번진다

금세 붉은 꽃이 핀 이곳은
감정에 따라 여닫히는 곳
예민해지면 갈라진 틈으로 싹이 난다
속살같이 예민한 곳
비밀을 간직한 혀의 침묵
입꼬리가 당겨질 때 가장 매혹적이다

조붓한 선을 따라 다물면 그 속은 침묵의 방이지만
쉽게 열리는 입술은 헤픈 마음을 가졌다
서로의 생각이 다를 때는 열린 문으로
쏟아져 나오는 소리의 뼈들 시끄럽다

마음을 경작하는 세 치의 방
숨겨진 칼의 음모를 알 수가 없다

하찮음도 제 몫이 있다

나는 어린 시절을 저 남쪽 끝 어촌에서 자랐다. 어촌이라 해도 바다를 개발할 줄도 모르고 대다수가 어렵게 농사로 생계를 유지하는 마을이었다. 두 섬이 있었는데, 하나는 웃산이고 또 하나는 아랫산이라고 불렀다. 나는 웃산에서 살았다. 이 웃산은 아랫산보다 더 빈곤이 심해 초근목피로 생계를 유지하는 집이 수두룩했다. 봄이면 먹을 것이 없다가 절기가 하지쯤 되면 이 북감저를 먹을 수 있었다. 이 하지 감자는 땅속 깊이 숨어들지 못한다. 지반이 박토인 곳이라 뿌리 마디가 제대로 영글지 못해 땅 밖으로 나와 등 푸른 감자가 되었다. 원래 이 감자는 맛이 아리고 떫어서 돼지 먹이나 소 여물로 주로 쓰였다.

나의 삶도 이 감자 같았다. 넓은 땅 옥진 곳에 심어지지 못하고 박한 땅에 뿌리를 내리고 평생을 살았다. 땅속을 파고들지 못한 몸의 일부는 푸른 멍을 지녔다. 나를 지켜낸 것은 그 아리고 떫은 멍이었다. 그 감자는 헛간 구석에서 겨울을 지냈다. 오목한 씨눈을 지키느라 쭈글쭈글해진 그 하지감자에게도 어김없이 봄은 찾아왔다. 씨눈은 척박한 땅에 뿌리를 내려 또다시 등 푸른 북감저를 키워냈다.

북감저 같은 인생. 나를 지켜낸 것은 그 푸른 독이었다.

북감저

내 고향 남쪽
하지감자를 북감저北甘藷라 부른다

태양은 가장 높이 올라
뿌리는 여물지만
신의 세계에 가까이 가면 마음도 멍이 든다

이카루스가 태양을 맛보려다
땅에 떨어져 죽은 것을 모르는 하지감자
다만, 하늘이 궁금해 태양을 훔쳐보았을 뿐인데
햇볕에 얻어맞아 푸른 독을 품었다

오뉴월 감자꽃이 질 때쯤
밭이랑 갈라지는 소리가 밭둑을 넘어오면
봄날의 무늬를 호미로 캔다
밭고랑에 앉아있는 소쿠리에는
성급한 풀벌레 소리 먼저와 담기고

쪽마루 한쪽에 하찮게 버려뒀더니
이듬해 봄 주먹칼에 잘려 씨알이 된다

멜로디는 구름을 타고

이 소녀는 우연찮게 만났다. 우리 집 가족 행사에서 전자 바이올린을 멋지게 연주한 조아람이라는 연주가이다. 호리호리한 몸매에 긴 머리칼을 휘날리는 모습은 마치 하늘을 나는 천마 같다. 크고 선한 눈망울은 여려 보이다가도 연주가 시작되면 언제 그랬냐는 듯 뜨겁고 강렬한 빛을 내뿜는다. 낮은 G선상의 멜로디가 감미롭게 흐를 때면 천사의 날개처럼 가볍다가도 격조가 높아지면 점점 채찍을 휘두르며 광야를 달리는 듯하다.

어찌 보면 그 소녀는 애벌레같이 애처롭기도 하다. 그러나 무대에 서면 언제 그랬느냐는 듯이 우아한 한 마리 나비처럼 청중 속을 날아다닌다. 그녀는 심연의 세계로 날아 가장 아름다운 꽃에 앉아 환호의 소리를 듣는다. 소녀는 자신의 음악을 들어주는 청중을 진실로 사랑한다. 그 속으로 들어가 그녀가 소리 낼 수 있는 최고의 음악을 뜨겁게 바친다. 박수를 받고 환호 소리를 뒤로하고 무대를 내려오면 다시 처음으로 돌아가 여전히 애처로워진다.

그 소녀의 음악에는 설움과 한이 서려 있다. 전자 바이올린이 내는 한의 소리이다. 때로는 청중들의 신나는 박수 소리를 끌어내고 어깨춤도 불러내지만 본연의 맛은 한이다. 그녀는 음악이라는 특별한 각을 잡지 않으면서 인간적인 그대로의 맛을 음악에 실어 보낼 줄 안다. 그래서 그 소녀의 연주를 듣고 있으면 저 밑바닥에 눌려있던 세상살이에 대한 시름이 하나둘씩 흥으로 되살아난다.

G선상의 소녀

어디서 날아왔을까
풋풋하게 들려주는 G선상의 멜로디

저 조그만하고 가냘픈 몸
소녀는 바이올린 홀을 비집고 나와
여린 손가락으로
G판 위를 걸어가는 새의 유랑
바람의 현이 잡힐 듯 흘러간다
선잠을 깬 아이 도닥이는 손이 되었다가
깊은 터널을 빠져나온 말간 별빛
마음을 파고든 그 한 곡을 위해
활은 얼마나 질주를 해야 하고
현은 얼마나 많이 울어야 할까
낙수 같은 변주가 청중의 가슴속으로 젖어든다
격조가 높아지면 소녀는
갈기를 휘날리는 날렵한 기수가 된다
소리가 채찍이 되어
고삐도 안장도 없이 하얀 날개로

다시는 돌아오지 않을 별이 된다

구름은 얼마나 많은 눈물을 쏟아야 가벼워질까
황홀이 흘러가는 알레고리 소녀
저편 별의 나라로
활이 휘고 현이 닳도록
다시는 돌아오지 않을 혜성을 향해 달린다

그녀는
지금 은하수를 건너고 있다

조용하고 곱다

—

　내가 다니는 교회는 일산 강선마을에 있는 작은 곳이다. 교인이 그리 많지 않은 교회다. 교회란 기도하는 집이요, 하나님의 말씀을 들어 마음의 양식을 얻는 곳이다. 그러면서도 마음 둘 곳이 없는 이들이 찾는 따뜻한 안식처이기도 하다.

　내가 아는 교회 식구들 중에는 유난히 인품이 곱고 아름다운 분이 여럿 있다. 그중 한 분은 교회의 윤인자 사모님이다. 이름처럼 인자하시다. 주일이면 언제나 교회 문 앞에서 우리 부부를 환하게 맞아주신다.

　"저는 주일이면 사모님을 뵈러 옵니다." 라고 할 때마다 나직한 목소리로, "저를 보러 오시다니요, 하나님을 보셔야지요." 라며 잔잔하게 웃으신다.

　점심시간마다 식탁을 돌며 낮고 조용조용한 음성으로 일일이 음식 맛을 묻고 간이 들어간 웃음으로 답을 하는 것도 잊지 않으신다.

　또 한 사람은 부군이 김포에서 성형외과 병원을 운영하는, 천사 같은 목소리를 가진 현연숙 권사님이다. 이분은 각종 행사에 사회나 나레이션을 도맡아 해주신다. 항상 웃음을 잃지 않고 즐거움을 나누는 분이다. 또 내가 어려운 부탁을 해도 한 번도 거절하지 않으신다.

　또 한 분은 교회의 궂은일을 도맡아 하시는 고순자 권사님이다. 이 분은 성도들에게 좋은 참기름을 나눠주기도 하고, 토요일마다 식당에서 혼자 앉아 강대상 꽃꽂이를 준비하신다. 말수가 적고 늘 위엄이 있고 모든 일을 솔선수범하는 분이다. 이 분을 물끄러미 바라보다가 저 꽃들은 교회를 지키고 있는 소리꽃이 아니겠는가를 생각했다.

　이분들의 공통점은 언제나 말씨가 조용하고 곱다. 음성 속에도 그 사람마다 의 고유한 기운이 들어 있다. 그래서 말 속에 복이 들어 있다고도 한다. 특히 기 도하는 음성은 먼 길 떠나 있는 자식을 부르는 어머니 목소리 같기도 하고 어두 운 밤길에 등불 같기도 하다. 어디에서건 마음을 잔잔하게 만드는 신비로움을 가지고 있다. 부드럽고 잔잔한 소리를 듣고 있으면 마치 한 송이 꽃이 피어나는 것 같은 느낌을 받는다. 소리에서 피어나 소리를 듣는 소리꽃인 셈이다.

소리꽃

교회당 강대상 앞에
밑동 잘린 꽃들이 가시 봉에 꽂혀 있다

성도들이 다 받아가지 못하고 흘린 말씀
자투리로 남아 외진 곳을 찾다가
강대상 꽃 속으로 들어간다
꽃대궁마다 성경 구절이 알알이 맺혔다
사락사락 옷깃 스치는 소리도
박자 놓친 성가대 어느 알토의 음정도
한 템포 앞서간 피아노 건반 소리도
가쁜 숨 내려놓은 졸음도 받아먹었다
어느 새벽 성도의 애통한 기도까지
꽃에 스며들어 색깔이 짙다
가느다란 줄기에 깊은 밤 침묵도 담고
곧추세웠던 귀가 접힐 때면
꽃의 무게가 휘어진다

나는 꽃의 말을 듣는다
미처 다 듣지 못한 이야기가 시들고 있다

아기 공룡과 병아리

아들은 사대 독자이다. 그 아들이 결혼을 해서 아들과 딸을 하나씩 두었다. 손자 건희도 외톨이 손이다. 이 귀여운 나의 손이 요즘 가지고 노는 것을 보면 자동차, 기차에서 공룡으로 바뀌었다. 공룡에 대해서는 박사급이다. 초식 공룡, 육식 공룡 할 것 없이 그 어려운 이름들을 일일이 외워서 나에게 설명을 한다. 아들 집에는 쥬라기 공원을 방불케 하는 수많은 공룡들이 있다.

손녀딸 다희는 선생인 엄마를 닮아서 매사에 꼼꼼하고 야무지고 인정이 많다. 주일이면 엄마를 따라 나에게 찾아온다. 어느 날 함께 앉아 할머니가 삶아준 계란을 까서 먹었다. 한 입 깨물자 노른자가 반달이 되었다. 그런데 그 노른자가 정 가운데 있지 않고 한쪽으로 기울어져 있었다.

나는 손녀에게 유정란과 무정란을 설명해 주었다. 병아리가 되는 노른자가 기울어져 있는 이유는 뜨거움을 피해 한쪽 구석으로 가 붙은 것이라고 일러주었다. 그 말을 듣더니 다희는 먹다가 말고 갑자기 눈물을 뚝뚝 흘렸다. 괜한 소리를 해서 애를 울린다는 아내의 핀잔을 들어가며 우는 손녀를 안고 오래오래 달래 주었다.

중심

주말이면 엄마를 따라 오는
햇강아지 여덟 살 손녀

할머니가 삶아준 계란을
요리조리 굴리다가
껍질을 벗기고
한 입 베어 문다

노른자 중심이 한쪽으로 쏠렸다
병아리가 되려는 씨눈이
뜨거움을 피해 몸부림친 흔적이라는 말에
멈칫하는 아이

죽지 않으려고 바동거린 마지막 몸짓을
애달프게 들여다보다가
닭똥 같은 눈물을 뚝뚝 떨군다

아픈 손가락

깨물면 안 아픈 손가락이 없다는 말이 있다. 어느 자식이든 다 똑같다는 말이다.

지금은 부부가 아이를 하나씩만 키우는 집이 흔하다. 하지만 둘 이상의 자식을 둔 가정에서는 의도치 않게 편애하는 일이 생길까 봐 신경이 쓰일 때가 있다.

솔직히 자식을 여럿 키워보면 좀 더 아픈 손가락이 있다. 이 말은 더 예쁘고 덜 예쁘다는 게 아니다. 똑같은 자식이어도 마음이 더 쓰이는 자식이 있다. 가락지를 손가락마다 끼워보면 맞는 손가락이 따로 있다. 그 분위기도 다 다르다. 손가락 생긴 모양이 다르기 때문이다.

손가락은 한 손에서 뻗어 나온 것이어도 그 쓰임새가 모두 다르다. 엄지손가락만 할 수 있는 일이 있고, 집게손가락만 해낼 수 있는 일이 있다. 또 두 손가락이 필요한 일이 있고, 다섯 손가락이 모두 필요한 일도 있다.

네 개 손가락이 아무리 튼튼해도 엄지손가락의 역할 없이는 힘을 쓸 수 없다. 자식들 중 보통 엄지손가락의 위치에 있는 것이 큰아이의 자리이다. 아무리 작은 아이들이 잘해도 큰아이의 역할을 다하지는 못한다. 그렇다고 큰아이에게 무조건 혜택이 가는 것은 아니다. 부모는 튼튼하지 못하고 부실한 자식에게 더 마음이 쓰이게 되어 있는 것 같다. 믿는 자식은 늘 그 자리에 튼튼하게 있어 줄 것이라는 믿음 때문에 눈길을 덜 주게 되기 쉽다. 그건 어쩔 수 없는 부모의 마음인 것 같다. 그러나 부모는 행여 자식의 마음에 상처가 될까 봐 그 마음을 내색하지 않는다.

자식도 그 마음을 헤아려 늘 부지런하게 살면서 부모의 마음을 아프지 않게 해야 할 것이다. 어느 날 작은딸이 아들을 위해 먹던 음식까지 챙겨가는 것을 보고 어미의 옛 모습을 보았다.

빈 접시

옆 동네 사는 딸이 오자
아내는 저 좋아하는 체리 한 접시
소복하게 담아내온다
반색하는 딸
덥석 체리에 손이 간다
몇 개 집어 먹는가 싶더니
제 새끼 좋아한다며
냅킨에 주섬주섬 옮겨 담는다
가방 귀퉁이에 여남은 알을 박아 넣으며
딸이 헤실헤실 웃는다
저 좋아하는 것도 잊어버린 어미
새끼 돌아올 시간에 맞춰 화들짝 일어난다
씨만 서너 개 담긴 빈 접시 들고
주방으로 향하던 아내
내 새끼 먹이려던 붉은 체리 한 접시
눈 뜨고 도둑맞았다고 중얼거리며
아내도 딸마냥 헤실헤실 웃는다

오백 원의 지혜

막내아들인 재영이가 초등학교 3학년 때의 일이다.

어느 날 아내가 작은딸 사라에게 콩나물을 사오라고 천 원을 주었다. 잠시 후 콩나물을 사 온 누나에게 한 마디 했다.

"에이, 오백 원씩 나누어서 두 번 사서 합치면 더 많을 텐데." 라며 콩나물 봉지를 아쉽게 들여다보았다.

한참 그런 아들을 바라보았다. 이건 틀림없이 평소 절약을 몸소 실천한 제 어미에게서 배운 산물이었다. 워낙 알뜰한 아내 덕에 아이들까지도 무엇 하나 허투루 여기는 법이 없었다. 검소함을 늘 강조하면서 살았지만 그날만큼은 과연 내 아이들이 잘 크고 있는가 하는 생각이 문득 들었다. 콩나물 장수도 때로는 못다 판 콩나물 때문에 적자도 볼 것이요, 또 어느 때는 덤을 주다가 수익이 남지 않는 날이 될 수도 있지 않겠는가. 덤으로 양을 더 늘려보려는 마음을 키워주어야 함이 옳은지, 하루 종일 언 손으로 콩나물 통에 손을 넣고 살아가는 콩나물 장수의 수고로움을 알게 해야 함이 옳은지 생각이 복잡한 날이었다.

그렇다고 어린 마음으로 절약하고 아끼는 아이의 자세는 나무랄 데가 없었다. 절약은 그 자체가 미덕이다. 천 원을 오백 원으로 쪼개어 쓰는 것이 꼭 좋은 일만은 아니더라도 그 정신만큼은 높이 사야 할 일이다.

어느 날 치즈 창고에 치즈 대신 전혀 다른 통조림이 가득 들어찬다면 그 속에 살던 생쥐는 가만히 앉아 예전처럼 치즈가 다시 들어찰 때까지 기다려야 할까, 아니면 미련을 버리고 또 다른 치즈를 찾아 나서야 할까.

천 원을 오백 원으로 쪼개어 쓰는 자세를 하찮게 여긴다면 그 오백 원으로 기천, 기만, 기억의 숫자로 키울 수 없다. 아무리 큰 금액이라도 그 안에는 일 원이라는 숫자가 들어가야 존재한다는 것을 잊으면 안 된다. 아들의 모습을 보며 기우뚱한 돌탑에 끼운 돌멩이를 생각했다.

적소 適所

언제나 혼자였던 소년
길가에서 돌 하나를 주웠다
사람들은 별 게 아니라고 시큰둥했다
그만한 돌은 세상에 널렸다고 했다

모나고 거친 돌
휙 던져버릴까 하다가
돌 틈 사이에 끼웠더니 길이 막혔다
그곳은 바람의 통로였다

개울가도 마다하고
도르르 구르는 돌

한쪽으로 기운 돌탑 틈에 끼우는 순간
휘어진 탑이 허리를 폈다

그곳이 제자리였다

구름은 하늘을 잇는다

　지금은 두 딸과 아들이 각자 삶의 터전에서 가정을 이루고 잘 살고 있다. 수년 전 부모의 권유로 들었던 계가 부도가 나서 하루아침에 돈을 몽땅 잃었다. 그때 다행히도 아파트 분양권을 돈 대신 받아왔다.

　이것을 어떻게 처리하면 좋을까. 우리 부부는 고심 끝에 형편이 더 부족한 작은딸에게 줄까 망설였다. 마침 딸의 생일이라 큰딸이 있는 자리에서 얘기가 나왔다. 결국 작은딸이 그 분양권을 받기로 했다. 그때 큰딸에게서 슬쩍 아쉬운 듯한 표정을 읽었지만 모르는 척했다. 재산 문제로 자식 간에 불편함이 생기는 것이 남의 집 일인 줄로만 알고 살아온 우리 부부였다. 애써 찜찜한 마음을 감추며 며칠이 지났다.

　어느 날 아침, 밥을 먹는데 아내가 눈물을 훔쳤다. 어찌 된 일이냐고 물으니 아이들 이야기를 했다. 그날 작은딸이 집에 가 생각해보니 암만해도 언니가 걸렸던 모양이었다. 그래서 그 분양권을 언니와 함께 반반씩 하기로 했다는 것이다. 혹시나 재산 때문에 의 상할까 하는 마음은 부모의 단순한 기우였음을 알았다. 잠시라도 아이들의 마음을 믿지 못했던 것이 미안했다.

　세 남매의 이런 마음은 어디서 왔을까. 돌아보니 도움받을 곳도 없고 가진 것도 없이 사느라 똘똘 뭉쳐 산 것밖에는 없었다. 어려서는 남들처럼 풍족하게 키우지 못한 것이 늘 마음에 걸렸다. 일에 매달려 사느라 웬만한 일은 자기들끼리 풀고 살았다. 그렇게 큰 아이들이 각자 가정을 꾸려 살면서도 서로 마음 상하지 않게 챙기는 모습이 기특했다. 그날 아침 식탁에서 우리 부부에게 감동의 눈물을 흘리게 한 나의 자식들에게 고마움을 보낸다.

구름은 파란 하늘을 하나로 잇는다. 자식이란 우리 부부에게 그런 구름 같은 존재이다. 구름 사이로 비치는 햇살에 식구들의 빨래가 정겹다.

빨래 가족

한낮이
옥상으로 쏟아진다

버튼 하나로 돌고 돌며
급회전으로 다시 태어난
몸을 벗은 꿈들
옥상 바지랑대에 매달려 펄럭인다

다시 태어나려고
바람을 물고 놓지 않는
저 몸의 껍질들

흰 와이셔츠가 꽃무늬 치마에 팔 하나를 척 올린다
울음이 채 마르지 않은 아이 턱받이가 나란히 팔랑댄다
앙증맞은 강아지 옷도 옆에서 꼬리를 살랑거린다

한 가족이 빨랫줄에 다정하게 나와 앉았다

조기의 추억

—

'메기의 추억'이라는 노래가 있다. 나에게는 메기의 추억이 아니라 생각할수록 아픈 '조기의 추억'이 있다.

내가 외가 더부살이를 마치고 어머니에게 가서 중학교를 다닐 때이다. 늘 그랬듯이 그날도 학교에서 돌아와 부엌 구석에 쪼그려 앉아 식은 밥을 챙겨 먹었다. 찬장에서 반찬을 꺼내던 중 부뚜막에 놓인 냄비가 눈에 띄었다. 뚜껑을 열어보니 졸여진 조기 두 마리가 먹음직스럽게 담겨 있었다. 한눈에 침이 고였다. 먹었다가는 어머니의 성화가 있을 게 뻔한 일이었다. 그 음식의 임자가 누구인지 알기에 더 망설여졌다. 참다못해 젓가락으로 살점을 조금 뜯어 입에 넣어 보았다. 기가 막히게 고소하고 맛있었다. 어린 나이에 먹고 싶은 충동을 참아낼 수가 없었다. 다음에 닥칠 일이 눈에 선했음에도 불구하고 그만 조기 한쪽을 몽땅 뜯어먹고 말았다. 그제야 정신이 퍼뜩 든 나는 조심스럽게 조기를 뒤집어 놓은 뒤 뚜껑을 닫았다.

저녁 무렵에 집으로 돌아온 어머니는 저녁밥을 준비하는 중에 그것을 발견했다. 어머니의 불화 같은 성화는 이루 다 말할 수가 없었다. 실컷 맞기도 했지만 그때 어머니가 내게 던진 심한 말들은 매보다 더 아팠다. 나중에는 미안함보다 치밀어 오르는 원망이 더 컸다. 돌담 밑에 웅크리고 앉아 얼마나 서럽게 울었는지 모른다. 자식보다 함께 사는 남자 친구의 입맛을 맞추는 일이 더 중했던 어머니. 나는 조기 한 마리보다도 못한 존재구나 싶어서 울고 또 울었다.

　오십 년도 더 지난 조기의 추억을 지금도 지워버리지 못하고 산다. 아내는 내 밥상에 조기를 구워 보기 좋게 올려놓는다. 아내는 누구보다 내 조기의 추억을 잘 아는 사람이다. 먹기 좋게 뼈를 발라주는 아내의 손길 덕분에 오늘도 나는 밥 한 그릇을 비우며 조기의 추억을 더듬는다. 그래도 날 낳아주신 분이시다.

고구마 꽃

어린 시절 그 꽃을 보았지요
하도 신기하여 꺾어 집에 왔더니
할머니는, 어째 감저꽃을! 하고 야단을 쳤지요
백 년에 한 번 피는 이 꽃은 길조라 하시면서요

하얀 바탕에 붉은 나팔꽃
소복한 여인의 붉은 입술 같았지요
아열대 줄기 구황작물이 이곳까지 와
그도 고향이 그리웠나 보네요

그날 쿠키와 전과책을 사가지고
재가한 어미가 왔었지요
단 하루도 미워하지 않았던 어미의 머리에
나는 그 꽃을 꽂아 주었지요

이른 아침 뱃고동소리에 일어나 보니
툇마루 댓돌 위에 붉은 서러움 한 송이가
시든 채 놓여 있었지요

기억을 넘어선 추억

어린 시절의 사투리나 음식 맛은 쉽게 잊어버리지 않는다. 어린 시절의 버릇도 쉽게 변하지 않을뿐더러 그 시절에 맺은 친구 역시 평생을 두고 기억한다. 또한 그 시절 마음에 남아있는 상처도 쉽게 잊히지 않는다. 아주 길게 마음속 생채기로 남아 아프게 한다. 그래서 되도록 어린 시절에는 마음의 큰 상처가 없어야 한다.

내 어린 시절 기억 저편에는 아릿하고도 쓰린 추억이 있다. 어디에다 내세울 만한 이야기도 못 되어서 평생을 가슴에 묻고 살았다.

나는 지금도 바다의 연락선을 보면 저절로 슬퍼진다. 그것은 어쩌다 한 번씩 젊은 어머니가 외가로 오기 위해 타고 오던 배였기 때문이다.

나는 을지로에서 함석공을 하던 탐진 최 씨 아버지와 어머니 사이에서 태어났다. 아버지는 내가 태어나기도 전에 돌아가셨다. 젊은 어머니는 혼자 나를 키울 수가 없어서 땅끝 해남 섬마을에 나를 맡기고 가버렸다.

내가 살던 곳은 웃산이라는 마을이었다. 어미 품을 잃은 나는 그곳에서 기척만 나면 어미인가 기다리면서 하루하루를 컸다. 웃산이라는 마을은 삼면이 바다이면서도 바다를 제대로 이용할 줄 모르는 빈농 마을이었다. 농사철이면 늘 어린 나이에도 불구하고 농사에 힘을 보태야 하는 형편이었다. 그런 곳에서 밥이나 축내며 학교 다니는 일은 어린 맘에도 무척 눈치가 보이는 일이었다. 그러나 학교만은 다녀야겠다는 고집으로 초등학교를 무사히 졸업을 했다. 나중에 안 사실이지만 입학생 67명 중에서 졸업생은 고작 33명밖에 되지 않았다.

그때는 학교에서 돌아와 시간만 나면 갯가에 나가서 낚시를 하거나 게를 잡았다. 온몸에 뻘 흙을 바르고 달려드는 깔따구와 모기를 쫓으며 종일 놀았다. 놀다가 쇠풀 뜯기를 소홀히 하면 외할아버지께 호되게 야단도 맞곤 했다.

그 당시 외가에는 어머니 손아래 동생인 이모가 아들을 데리고 친정 더부살이를 하고 있었다. 나보다 네 살이 어린 이종사촌 동생이었다. 어머니의 피붙이였지만 이모의 편애는 심했다. 보리가 전부인 밥을 먹다 보면 동생 밥에서는 쌀밥이 나오기도 하고, 나 모르게 떡이나 고구마를 따로 챙겨 먹이기도 했다. 그런 편애가 어린 나에게는 감당하기 힘이 들었다. 그래도 나는 그 식구들을 원망해 본 적은 없었다.

그때는 어미 없는 설움만 가득했다. 뒤뜰 양지바른 곳에서 혼자 우는 날도 많았고, 무작정 걷거나 뒷산에 올라가 시간을 보낼 때도 많았다. 뒷산에 가면 찔레순도 꺾어 먹고, 소나무 속껍질도 벗겨 먹고, 정금이나 맹감도 따 먹었다. 꿩밥(춘란)도 꺾어 먹고, 창꽃도 따먹었다. 그것도 지치면 갯가에 나가 갯당근이나 비비를 뽑아 먹었다.

다행히 외할아버지와 외할머니께서는 나를 아껴주셨다. 말수가 없고 순한 나를 안쓰럽게 여기셨다. 해 질 무렵이면 외할아버지와 소 여물을 끓였다. 그러면 외할아버지는 어디서 잡아왔는지 쥐를 잡아다 볏짚 불에 구워 주셨다. 때로는 뱀을 잡아다 구워 주시기도 했다. 찡그리는 나에게 손수 살을 발라서 입에 넣어주시곤 했다. 그 덕분에 나는 십리 길이 넘는 학교 길을 단숨에 달렸다. 달리기

시합이라면 언제나 우승이었다.

초등학교를 졸업하고 도시로 나와서 중학교를 다녔다. 초등학교 졸업을 무사히 할 수 있었던 것은 나의 끈질김도 있었지만 지금은 안 계시는 김세열 선생님의 격려와 지도가 컸다. 학교에 빠지지 않게 챙겨 주셨고, 부끄럽지 않은 사람이 되어야 한다고 늘 다독여 주신 분이었다.

중학교는 도시로 나와 어머니 집에서 다닐 수 있게 되었다. 그것이 얼마나 좋았던지 마치 천군을 얻은 장수가 된 것 같았다. 어머니 집은 목포 시내에 있는 대성동 뒷길에 있었다. 그러나 그것도 중학교 한 학기가 전부였다.

어느 날, 어머니는 곧 누가 집으로 올 것이니 엄마라고 부르지 말고 이모라고 부르라고 단단히 일렀다. 새아비가 될 사람이라는 것을 금방 눈치챘다. 얼마 후 그 새아버지도 홀연히 어머니만 데리고 어디론가 가버렸다. 왜 나만 남겨두고 가느냐고 물어볼 틈도 없었다. 다만 그때 어렴풋이 깨달았던 것은 내가 없기를 바라는구나 하는 것이었다.

나는 다시 고아 아닌 고아가 되어 홀로 객지에 남는 신세가 되었다. 어쩌다 나 같은 놈이 세상에 태어났을까 하는 생각이 떠날 날이 없었다. 그 시절 나를 가장 아프게 했던 것은 혼자 버려진 것도, 벼 껍데기(딩겨)로 밥을 지어 먹던 설움도 아니었다. 어머니로부터 새 아비의 조기에 손을 댔다가 받은 설움과 어머니가 아닌 이모라고 부르라고 했던 것도 모자라 나를 버리고 가버린 것에 대한 설움이었다.

이후 서울로 올라와 예술학교에 들어갔다. 서울에서의 첫날은 갈 곳이 없어 미아리 길음교 밑에서 쪼그리고 하룻밤을 지새웠다. 이튿날 세탁소 점원으로 취직을 한 뒤, 그 후로 신문 배달, 노점상 점원 등을 전전하며 학교를 간신히 마쳤다.

서울에서 혼자 살면서 그동안 가정이라는 울타리 안에서 살아본 시간이 얼마나 되었는지를 짚어 보았다. 내가 태어나 어머니 밑에서 산 세월은 고작 1년 하고도 6개월 정도가 전부였다. 그 나머지 세월은 어머니를 그리워하고 원망하며 살아온 나날이었다. 말수 적고 내성적이고 언제나 고개를 숙이고 다니던 날이 전부였던 시절이었다.

나는 배움을 마치고 군에 들어가 그 후 30년 동안 장교의 길을 걸어왔다. 그리고 지금의 살뜰한 아내를 만나 두 딸과 아들을 두었다. 이제는 그 아픈 기억들이 모두 옛 얘기가 되었다. 그래도 가슴 한편에는 못다 푼 아픈 기억들이 가끔 날을 세운다. 돌이켜보면 어머니가 나에게 준 것은 모진 삶밖엔 없었다. 그러나 그 삶이 나를 그 무엇보다 강하게 만들었다. 나는 지금도 매달 어머니에게 꼬박 꼬박 생활비를 보낸다. 그것은 내 상처를 누르며 할 수 있는 최소한의 예우와 도리이다.

살면서 누군가를 특별히 원망해 본 적은 없다. 나에게 주어진 운명이라고 여겼을 뿐, 울분을 터트려 본 적도 없었다. 그 기구한 운명이 결국 나를 지탱하는 뿌리였고 삶의 두엄이었다.

글피

내일 모레, 글피가 되면
요양원 늙은 아이를 보러 간다

강보에 싸인 아이를 두고
통통 불은 젖 감싸 안고 연락선을 탔던 여인
할머니는 세 밤 자고 글피에 엄마가 온다고 했다
글피가 가고 그글피가 와도
끝내 글피는 오지 않았다

열두 살 되던 해
길모퉁이 돌아 치마폭 여미고 왔던 여인
할머니 등 뒤에 숨어 낯선 여인을 훔쳐보았다
뱃고동 소리 멀어지던 그 겨울
그리움은 그믐처럼 깊어갔다

앞마당 동백이 빈손으로 서 있어도
글피는 끝내 오지 않았고
뱃고동 소리 기다리며 더 깊어진 글피

요양원 창문 너머 아흔이 넘은 아이
아득하게 멀어진 글피가
육십 년이 지나서야 내게로 돌아왔다

169

인큐베이터

인큐베이터가 뭔지도 모르다가 아들이 태어나면서 알게 되었다.

아들은 낯선 부산에서 태어났다. 두 딸을 낳고 얻은 아들이라 그야말로 우리 집 복덩어리였다.

그날은 주말인데 출장에서 집으로 돌아와 보니 아내는 이미 병원에서 산고의 고통을 혼자 치른 뒤였다. 아내의 얼굴은 고통 뒤라 퉁퉁 부어 있고, 신생아실에는 아비의 이름표를 단 아들이 뉘어져 있었다. 한눈에 봐도 얼굴이 붉고 튼튼해 보였다. 병원에서 한 일주일 푹 쉬기를 바랐으나 아내의 성화에 못 이겨 나흘 만에 퇴원을 했다. 내가 출근을 하고 나면 산모인 아내가 직접 밥을 짓고 미역 국을 끓여 먹었다. 산후조리를 제대로 못 한 그때가 지금도 마음에 걸린다.

병원에서 퇴원한 지 사흘째 되던 날이었다. 아이의 얼굴과 몸이 노란 빛을 띠었다. 점점 눈동자도 노랗게 변해 갔다. 우리 부부는 아이를 싸안고 병원으로 달려갔다. 신생아들에게 흔히 있는 소아 황달이라고 했다. 입원을 시켜야 치료가 되는 일이었다. 인큐베이터라는 반타원형 플라스틱 관에 아이를 뉘었다. 아기 환경에 맞게 습도와 온도를 알맞게 맞춰 놓은 작은 아기 방이다. 그 안에서는 눈을 보호하기 위하여 아이의 눈을 가렸다. 또 어미의 젖 속에 있는 황달 항체가 아이에게 가는 것을 방지하기 위해 모유는 일체 끊고 분유를 먹여야 했다. 곁에 붙어 서서 네 시간 간격으로 관찰을 기록하고, 분유를 먹이고, 기저귀를 갈

아주었다. 나는 시간 맞춰 출근을 해야 하는 몸이라 아내가 이 모든 일을 맡아서 했다. 집에는 어린 두 딸만 남아 있었다. 내가 퇴근 후 잠깐 교대를 해주면 아내는 집으로 달려가 두 딸의 먹을거리를 마련해 주고 돌아오곤 했다. 3주간이나 병원 신세를 지고 난 후에야 퇴원을 했다. 그 이후로 아들은 큰 탈 없이 잘 자라주었다.

가끔 아내는 아이들이 다 크도록 시어머니에 대한 서운함을 내보이곤 했다. 객지에서 당신 친손자를 낳았어도 단 한 번도 들여다본 적이 없고, 분유 한 통, 기저귀 한 봉지도 사다 준 적이 없었다는 것이다. 자신은 절대로 그런 시어머니가 되고 싶지 않다고 했다.

아들을 볼 때마다 나는 그 인큐베이터와 고생한 아내 생각이 난다. 그러다 아들 녀석이 장가를 들어 귀여운 딸을 낳았는데, 발육 부진으로 또 인큐베이터 신세를 지게 되었다. 어쩌면 아비처럼 딸까지 그러는가 싶었다. 이제는 인큐베이터 시설이 좋아졌다고 안심시키나 겪어본 바가 있으니 마음 졸이기는 마찬가지였다. 그래도 이제는 모든 게 잘 지나가고 아들 부부가 잘 키우고 있으니 믿음직하고 안심이 된다.

눈 속의 우주

잠에서 깬 두 살배기 손자의
어미를 찾는 놀란 눈을 본다

아이와 마주한 눈빛이 공간을 긋고 간다
눈 깜짝할 순간 눈 속에 숨은 우주를 본다

가도 가도 끝이 없는 해맑은 깊이
수십 광년 떨어진 우주
천체경으로나 볼 수 있는 눈빛 속
초조와 긴장의 통로를 지나
어미를 찾는 간절함이 보인다
어느 절규가 이보다 애달플까

나는 우주 속 길 잃은 혜성을 찾아 나선다
어딘가에 흐르고 있는 은하수 속
다시 눈의 초점을 맞춘다

장마가 가져다 준 사랑

그 해는 우리 가족에게 잊을 수 없는 한해였다.

1984년 여름이 끝나갈 무렵 억수 같은 비가 사나흘 내내 쏟아졌다. 그때 나는 원주 군사령부에서 근무를 해서 주말마다 서울로 오가는 주말부부로 살고 있었다.

토요일인 그날도 비가 몹시 내렸다. 집에 도착해서 식구들과 한 주 이야기를 나누며 즐거운 시간을 보내고 있었다. 비는 계속해서 퍼부었다. 그런데 점점 빗물이 고이더니 마당을 채우고 급기야 부엌을 넘어 들어왔다. 나중에는 마루까지 들어와 결국 안방까지 물이 들이닥쳤다. 우리 식구는 설마설마하다가 불어난 물속에 갇혀 버렸다.

급히 가재도구를 2층으로 올려놓고 피난 갈 준비를 서둘렀다. 아내는 취사도구를 챙기고 아이들은 책가방을 챙겼다. 아내는 어린 나이에 동생을 업고 그 어려운 피난길을 헤치고 온 경험이 있어서인지 제일 먼저 챙기는 것이 취사도구와 쌀, 침구류였다. 나는 처음 겪는 일이라 우왕좌왕하던 끝에 밤 11시를 넘기고서야 겨우 아내와 아이들을 근처 교회로 피난시켰다. 혼자 집에 남아 있으려니 공포가 엄습해 왔다. 물은 점점 장롱 높이까지 차올랐다. 나는 어쩔 수 없이 집을 두고 대피를 했다. 집을 두고 나오기 전 마지막으로 한 일이 아들이 아끼는 위인전 12권을 장롱 꼭대기에 올려놓는 일이었다. 혹시나 해서 물속을 헤쳐 대문을 굳게 잠그는 것도 잊지 않았다. 골목길을 헤엄쳐서 교회에 도착해 보니 식구들이 덜덜 떨며 나를 기다리고 있었다. 그 모습을 보자 왈칵 눈물이 쏟아졌다. 어쩌다 이런 곳에 집을 장만해서 식구들을 고생시키는가 싶었다.

다행히 다음날부터 물이 빠졌다. 이번엔 식구들 모두가 복구 작업에 나섰다. 가까운 군부대에서 군인들이 골목길 청소를 하고 소독약을 뿌렸다. 우리는 진흙투성이가 된 가재도구를 일일이 씻고 못쓰게 된 물건들은 흘러가는 물에 던지기도 했다. 하루 종일 해도 일은 끝이 없었다.

아들 재영이는 물에 젖은 책과 종이를 햇볕에 말리고, 큰딸 희경이는 어머니를 도와 오물에 섞인 취사도구를 세척하느라 분주했다. 그런데 늘 수다스럽던 막내 사라가 보이지 않았다. 점심때가 가까워지자 사라가 빵을 들고 나타났다. 근처 풍납초등학교에서 수재민에게 빵을 나눠준다고 해서 몇 시간을 기다렸다가 받아왔다는 것이다. 우리는 모두 하던 일을 멈추고 쭈뼛거리고 서 있는 사라를 말없이 쳐다보았다. 빵을 쥐고 멀뚱하게 서 있는 모습이 측은하기 그지없었다. 하루아침에 빵을 배급받아야 하는 신세가 되어버렸나 싶어서 속으로 눈물을 삼켰다. 딸아이를 붙잡고 또다시 받아올 생각은 하지 말라고 단단히 타일렀다.

결국 우리 가족은 2주 만에 청소와 복구를 마칠 수 있었다. 귀한 자식들과 아내만은 꼭 내 손으로 지켜야 한다는 책임감으로 사무쳤던 시간이었다. 지금도 우리 식구들은 비가 올 때면 밖을 보며 그때 이야기를 꺼내곤 한다. 또 집을 구할 때에는 잊지 않고 빗물이 어디로 흐르는가를 꼼꼼히 살피는 버릇이 생겼다.

가족의 소중함을 알게 한 그날의 천재지변을 떠올리며 이 초여름 오후 쏟아지는 비를 하염없이 바라보고 있다.

비

너는
어디서 길을 잃어
이 먼 곳까지
찾아와
그리도
슬피 우는가

대연동 언덕배기

—

아들 재영이는 세상에 얼굴을 내민 지 며칠도 안 된 어린 몸으로 인큐베이터 신세를 지더니 그 후로는 무럭무럭 잘 자라 주었다. 우리 부부는 그런 아들을 지켜보면서 부산의 대연동 언덕배기에서 목욕탕을 개조한 콧구멍만 한 방에서 살았다.

큰딸 희경이는 초등학교에 들어가기도 전에 고사리 같은 손으로 피아노를 배운다고 학원에 다니면서 어린 것이 친구들과 썩 잘 어울렸다. 희경이는 소심한 듯해도 인정이 많아 동생들을 자기 몸처럼 끔찍하게 아꼈다. 늘 조심성이 많고 얌전히 노는 아이라 다 크도록 몸에 흉터 하나 없었다.

둘째 딸인 사라는 언니와는 달리 언제나 개구쟁이였다. 비탈진 잔디밭에서 미끄럼을 타고 나무 위에도 잘 올라가고 항상 사내아이 같이 놀았다. 그러니 늘 아이들과 잘 어울렸다. 어느 날은 나무 위에 올라가 놀다가 벼랑으로 떨어진 적이 있었다. 머리에서 피가 흘러 얼굴이며 옷에까지 피를 묻히고 나타났다. 급히 둘러업고 병원으로 뛰어가 마취도 없이 봉합 수술을 했다. 사라는 마취도 없이 생살을 다섯 바늘이나 꿰매는 동안에도 끔찍하지 않고 참아 내었다. 또 어느 날은 부대로 급히 전화가 걸려왔다. 사라가 없어졌다는 것이다. 아내는 파출소에 신고를 하고, 나는 오토바이를 타고 찾아 나섰다. 아무리 찾아봐도 보이지 않았다. 감만동 유엔 묘지 일대, 적기의 고갯길, 대연동 일대를 서너 시간은 족히 찾아다녔다. 어느 부모든 자식을 잃어 보지 않고는 그 마음을 이해하지 못한다. 하늘이 무너지는 것 같고 눈앞이 캄캄해지고 보이는 아이들마다 내 딸 같아 보였다. 정신을 차릴 수가 없었다. 절망감을 안고 대연동 사거리를 건너 교회 모퉁이를 지나는데 그곳에 그렇게도 찾아 헤매던 딸 사라가 있는 것이 아닌가.

얼굴에는 연탄을 시꺼멓게 묻히고 손은 흙투성이가 되어 백 원짜리 동전을 쥐고 있었다. 길거리에서 울고 있다가 연탄 배달 수레에 부딪혀 넘어졌다고 했다. 동전은 연탄 배달 아저씨가 울지 말라고 손에 쥐여 주었단다. 나는 딸을 부둥켜안고 한참을 울었다. 집에 데려와 목욕을 시키고 옷을 갈아입힌 뒤 다시는 혼자 나다니지 말라고 거듭 당부를 했다. 길을 잃은 공포감에서 풀려난 사라는 지쳐서 금방 잠에 빠져들었다.

아들 재영이는 어미 곁을 잠시라도 떠나면 죽는 것처럼 울어대는 아이였다. 다행스러운 것은 어미가 젖이 많아 늘 배불리 먹고 품에서 편안히 잠들곤 했다. 어느 날 우리 가족은 애기 사진을 찍기로 하고 볕 좋은 마당에 앉혀 놓았다. 셔터를 누르려고 하면 옆을 보고, 또 자리를 잡았구나 싶으면 앞으로 고꾸라지고는 했다. 할 수 없이 아내가 벽돌색 플라스틱 함지 속에 아들을 앉히더니 빨간 사과를 흔들어 보여서 무사히 사진을 찍었다. 지금도 종종 그 사진을 보면 함지박 같은 놈! 하면서 허허 웃는다.

재영이가 아마도 6개월쯤 되었을 때였다. 우리 식구들은 해운대 해수욕장에 갔다. 모처럼 해수욕이라 딸애들은 좋아서 어쩔 줄을 몰라 했다. 일찌감치 도착해서 좋은 자리를 찾아 자리를 폈다. 멀리 바다와 맞닿은 하늘 위로 뭉실뭉실한 구름이 그림처럼 펼쳐져 있었다. 파도가 밀려와 모래 위에서 하얗게 부서졌다. 딸애들은 그 파도를 따라 깔깔거리며 뛰어다녔다. 본격적으로 해수욕을 즐길 시간이 되었다. 그런데 어린 재영이만 편해 보이지 않았다. 뭐든지 한창 입으로 가져가는 시기라서 모래를 집어 자꾸 입으로 가져갔다. 또 깔아준 타월 밖으로 자꾸 기어나가려고 떼를 부렸다. 햇볕까지 따가우니 얼굴을 찡그리며 울었다. 게다가 많은 사람들이 있는 곳이 익숙하지 않아 한시도 엄마 품에서 떨어지려고도 하지 않았다. 아내는 아이를 안고 달래느라 진땀을 빼고 있었다.

결국 우리 식구들은 해수욕을 포기하고 짐을 챙겼다. 해수욕장까지 와서 물에 한 번 들어가 보지도 못하고 돌아가는 두 딸아이는 모두 동생이 망쳤다는 둥, 집에 남겨두고 우리만 올 걸 그랬다는 둥 불만이 이만저만이 아니었다. 돌아오는 버스 안에서 어미 품에 안긴 재영이는 아무 일도 없었다는 듯 쌕쌕 잠만 잘 잤다. 우리 부부는 어이가 없어서 그저 마주 보고 웃을 뿐이었다.

그때가 1981년 8월 10일이었다. 우리 아이들이 이젠 그때의 부모 나이가 되어 있으니 세월 참 빠르다. 그 아들 녀석이 커서 장가를 가더니 여름이면 종종 제 누나 가족들을 시원한 해변이나 계곡으로 안내한다. 덕분에 우리 부부도 시원한 여름을 만끽하고 돌아오곤 한다.

개미국의 추억

우리 가족이 겪은 고생 중에 개미 국을 먹었던 유별난 추억이 있다. 내가 육군 종합행정학교에 근무하던 때였다. 예편 후의 일을 걱정하던 중에 인척의 권유로 인천 간석동에서 숙박업을 시작하게 되었다. 일주일 내내 아내가 그곳에서 근무를 하고 주말이면 나와 교대를 했다. 교대하는 그 시간에 아내는 집에 와서 일주일 동안 온 식구가 먹을 밑반찬과 쇠고깃국을 끓여 놓았다. 남아 있는 식구들은 일주일 동안 그것을 데워서 먹어야 했다.

살뜰히 관심이 필요한 시기였던 희경이가 중학교 2학년, 사라는 6학년, 막내아들 재영이는 초등학교 4학년이었다. 바쁜 부모 밑에서 스스로 모든 생활을 감당해야 했던 아이들이라 지금도 생각하면 미안하기 짝이 없다. 학교에서 돌아오면 언제나 가스레인지에 국을 올려 데워서 먹었다. 그럴 때면 국물 위에 새까맣게 죽어 있는 개미를 건져내야 했다. 비위가 약했던 아들은 언제나 잘 먹지 못했다. 일주일 내내 그것을 다 먹고 나면 주말에 아내가 또 같은 국을 끓여놓고는 했다. 지금도 그때를 생각하면 고생시킨 것이 못내 미안하고, 말없이 따라주던 애들이 고맙기 그지없다.

어느 생업이든 같이 생활하는 아이들의 희생이 뒤따르기 마련이다. 그래도 우리 아이들은 한마디 불평도 없이 잘 따라 주었다. 지난 과거의 어려움은 잘

성공하면 미담으로 남지만 그렇지 못했을 경우에는 흉으로 남는다. 다행히 우리 가족들에게는 그때 그 시절 기억이 미담으로 남아 있다.

올해 제사에도 아내는 무가 들어간 쇠고깃국을 올려놓았다. 아들이 그 시절 개미국 이야기를 했다. 그것이 나에게는 늘 싫지 않게 들린다. 그 어려운 시절을 다 같이 잘 이겨냈으니 매번 들어도 정겹고 훈훈하다.

바른 마음이 가는 길

강원도 양구군 동면 팔랑리.

재영이는 여기서 유년기를 보냈다. 재영이가 일곱 살이 되던 해에 나는 그곳 포병부대 대대장으로 있었다. 그 이듬해 재영이는 그곳에 있는 팔랑 초등학교에 입학했다. 학교에 잘 적응하고 1학년 반장이 되더니 곧잘 선생님들의 칭찬도 받곤 했다.

재영이는 매일 학교에서 돌아오면 부대 영내에서 뛰어놀았다. 어느 때는 훈련장에서, 어느 때는 취사장에서, 또 어느 때는 사무실이나 내무반 근처에서 놀고 있는 모습이 보였다.

어느 날 재영이는 포반 요원들이 훈련하는 곳에서 놀다가 이상한 물건을 발견했다. 그것은 'M-2 캄파스'라고 하는 방향 측정 도구로 자석의 힘으로 바늘이 움직이는 나침반이었다. 훈련을 마치고 식사 시간이라 잠시 두고 간 것을 재영이가 한참 가지고 놀았던 모양이다. 그런데 실컷 놀다가 다음에 또 가지고 놀 요량으로 근처 풀 속에 둔 것이 문제였다. 잠시 후 병사들이 돌아와 찾아보니 물건은 없고 그 주위에 재영이가 있는 것이다. 결국 아들에게 물어 그 물건을 찾았다.

퇴근 후에 재영이를 불렀다. 남의 물건에 손을 댄 것에 대해 따끔하게 야단을 처야겠다고 마음을 먹었다. 어린 맘에 또 가지고 놀고 싶어서 슬쩍 풀 속에 놓고 온 것은 알겠지만 그냥 넘어갈 수가 없었다.

"네 잘못을 아느냐?"

아무 대답이 없었다. 다시 물어보았다. 그때서야 재영이는 고개를 끄덕거렸다. 그동안은 잘못을 하면 당연히 손바닥부터 내미는 아이였다. 그날은 자신도 어처구니가 없었던 모양인지 손도 내밀지 않고 고개만 푹 숙이고 꼼짝도 하지 않았다.

밖에는 보슬비가 조금씩 내리고 있었다. 관사에서 위병소까지는 약 500미터가 되는 거리였다. 재영이에게 "양심 불량!"을 외치며 그 사이를 뛰는 것을 반복하는 벌을 주었다. 지켜보던 두 딸은 얼른 자기 방으로 들어가 모르는 척했고, 아내는 아들 잡겠다며 그만하라고 말렸다.

"이제 됐으니 그만해라." 하는 말이 목구멍까지 나왔으나 참았다. 그런데 아들이 뛰는 모습을 지켜보다가 급한 일이 생겨서 사단사령부에 가게 되었다. 나는 아들에게 벌을 준 사실을 까맣게 잊은 채 일을 마치고 돌아왔다. 부대로 돌아왔을 때는 이미 날이 저물고 있었다. 저만큼 지프차 불빛에 한 아이가 비를 흠뻑 맞고 뛰는 모습이 보였다. 아차, 아들!

나중에 안 사실이지만 위중병사가 재영이에게 아버지가 오면 말해 줄 터이니 그만하고 들어오라고 하여도 말을 듣지 않았다고 했다. 재영이는 두 시간 동안 무려 10킬로미터가 넘는 길을 뛰었다. 점점 굵어지는 비를 맞으며 마당에 서 있던 아들 모습을 잊을 수가 없다. 콧물과 눈물과 빗물이 범벅이 된 얼굴에, 몸에서는 더운 체온으로 김이 피어올랐다. 마음은 아팠으나 내색할 수가 없었다.

그날 재영이는 목욕을 하고 일찌감치 잠자리에 들었다. 자면서도 헛소리를 했다. 재영이가 훔치고자 하는 마음이 없었다는 것을 모르는 바는 아니었다. 다만 그것으로 교훈을 삼지 않으면 훗날 혹시라도 실수가 따를까 봐 염려가 되었다.

돌이켜보면 그때 왜 그렇게 엄하게만 대했는지 모르겠다. 좀 너그러운 아비가 되어도 좋았을 걸 하는 아쉬움이 남는다. 그 아들이 지금까지 남의 물건에 손을 대거나 거짓말을 하는 것을 본 적이 없다. 그때나 지금이나 아비 마음은 늘 정직하고 바르게 살기를 바랄 뿐이다.

신혼여행

———

　나이 육십이 넘어서도록 못 갔던 신혼여행.

　군 생활 30여 년 동안 옆에서 고생하며 내조한 아내는 내가 예편한 후에도 편할 날이 없었다. 그런 나의 신부에게 보상이라도 하듯 여행 계획을 세웠다. 여행을 목적으로 3년간 부은 적금으로 정한 곳이 미국의 서부 지역이었다.

　설렘과 기대 속에서 나선 신혼여행.

　유월이 다가오고 있는 초여름, 열두 시간의 비행 끝에 도착한 곳이 샌프란시스코였다. 세계적인 미항답게 아름다웠다. 1920년대 미국의 공황기에 만들어졌다는 금문교는 남북을 잇는 줄다리로 아름답고 장엄했다. 여기서 버스를 타고 황량한 사막지대를 여덟 시간 동안 이동하여 도착한 곳은 라스베가스였다. 낮에는 전혀 느끼지 못했던 도시의 정취가 밤이 되니 환락의 도시로 변했다. 거리마다 찬란한 네온사인이 불야성을 이뤘다. 저녁을 먹고 관람한 쥬발디 쇼는 무희들의 현란한 춤으로 열기가 뜨거웠다. 옆에 앉은 아내가 무희들의 가슴을 드러낸 몸놀림에 어찌할 줄 몰라 하기에 슬며시 손을 잡아주었더니 민망해하며 털어냈다. 내 앞에서 늘 수줍음을 버리지 못하는 아내는 육십이 넘어도 여전했다.

　다음 날, 아침 식사를 마치고 네 시간 정도 이동하니 콜로라도 강이 펼쳐졌다.

이곳은 10여 년에 걸쳐 260명이나 귀한 생명을 바친 후버댐이 있는 곳이었다. 벌써 지친 나의 신부는 내 등에 기대더니 눈을 감고 잠이 들었다. 물끄러미 내려다보던 내 눈이 잠깐 젖어들었다. '나를 만나 고생이 참 많았소.'라고 마음속으로 속삭이자 에리조나 사막의 따뜻한 바람이 얼굴을 스치고 지나갔다.

동북쪽으로 세 시간을 더 이동하니 그랜드캐년이 나왔다. 1억2천만 년 전 빙하기부터 침식작용으로 형성되었다는 이 계곡은 폭이 2킬로미터나 되는 웅덩이가 수천 킬로미터에 이른다. 그 웅장하고 장엄한 경치에 피로감이 단번에 싸악 씻겼다. 눈 앞에 펼쳐진 풍경은 그 어떤 수식어를 동원해도 다 표현할 길이 없었다. 경비행기를 타고 깊은 계곡을 탐험할 때는 그 스릴과 흥분에 감탄사가 절로 나왔다.

그랜드캐년을 뒤로 하고 그 옛날 개척시대에 채찍을 날리며 광야를 달렸다는 애리조나 사막을 지났다. 콜로라도 강변에 있는 라폴린에서 하룻밤을 묵고 LA에 도착하니 벌써 여행의 7일째였다.

영화의 메카인 유니버설 스튜디오에 들어서자 발 디딜 틈 없이 수많은 인파로 장사진을 이뤘다. 아내는 폴 뉴먼, 나는 마릴린 먼로의 손도장을 찾았으나 끝내 찾지 못했다. 영화 체험장에서는 죠스, 인디아나 존스, 쥬라기 공원을 돌아보았다. 숙소로 돌아올 때에는 몸이 녹초가 되어 물먹은 솜처럼 무거웠다.

다음 날 디즈니랜드와 시월드에서는 나이를 잊고 다양한 놀이기구를 타며 즐겼다. 위험한 놀이기구도 마다하지 않으면서 아직 체력이 그리 나쁘지 않음에 기분이 좋았다. 한편으로는 정작 젊어서는 맛보지 못한 스릴을 황혼에서야 만나게 된 것이 조금 아쉽기도 했다. 아찔하게 무서움을 느낄 때마다 아내의 손을 꼭 잡아주는 것도 잊지 않았다. 우리의 정은 늙을 줄도 몰랐다.

나의 버킷 리스트에 큰 것을 하나 지우면서 돌아오는 길.

긴 비행을 마치고 인천공항에 무사히 도착하자 큰일을 이룬 듯 가슴이 뿌듯했다. 회전 레일에는 우리 부부와 함께했던 짐 가방이 돌아 나오고 있었다.

밤비 따라 오시려나

창밖에 봄비가 온다
낮고 같은 곡조로 노래를 한다
임이 오시려나 보다

올 때는 우산 없이
밤비 맞고 오시던 여인

빗방울이
아스팔트 위를 서럽게 굴러
수채 옆에서 혼자 노래를 한다
아마 오시다 가셨나 보다

밤비야!
다시 오거라
얼굴 타고 흐르는 눈물
씻가시어 주게

대나무는 기둥이 될 수 없다

—

문학 기행으로 담양에 간 적이 있다.

대나무는 몇 해 동안 땅속에서 머물다가 새순으로 움튼다. 움이 나온 후에는 빠른 속도로 자라난다. 추운 겨울과 더운 여름을 지나면서 단단하고 질 좋은 나무로 성장한다. 그 결이 곧아 생활용품으로 많이 쓰인다. 하지만 대나무는 여기저기 쓰임은 많지만 기둥으로 쓰이지는 않는다.

융통성이 없고 고집이 센 원칙주의자를 대나무에 비유하여 대쪽 같은 사람이라고 한다. 이런 사람은 정도正道를 가는 사회의 모범이 되고 마음의 길잡이 역할을 한다.

그러나 이런 사람은 융통성의 결핍으로 서로 어울릴 수 없는 고집불통이기 쉽다. 타인과 공감하는 능력이 떨어져 마음을 사로잡는 깊은 정이 부족하니 언제나 외롭다. 그러니 사회가 원하는 큰 기둥의 역할은 할 수가 없다. 특히 단체생활에서 큰 재목 역할을 할 수가 없다. 사람은 절대적으로 함께 융화하고 어울려 서로 간의 소통이 필요한 존재이기 때문이다.

우리가 살고 있는 세상은 늘 새로운 욕망과 그를 차지하기 위한 불안이 존재한다. 끊임없이 욕망을 낳고 불안이 도사리고 있다. 그 불안은 또 다른 불안으로 이어진다. 이런 속에서는 오히려 속이 차고 유연성이 좋은 나무가 기둥감이 될 수 있다.

　그렇다면 나는 어떤 나무일까? 속은 꽉 차 있지 않지만 적당히 쓰임도 있고 유연성도 떨어지지 않는 것 같다. 그렇다고 큰 재목감으로 태어나지도 않은 것 같다. 그것에 만족하고 살아야겠다.

나무의 유언장

음습한 기운이 대밭 사이로 흘러다닌다
등이 시퍼런 바람도 디딜 곳 없어 자꾸 허방을 짚는다

우듬지에 육십 년 만에 핀 좁쌀 같은 꽃
꽃 피는 걸 잊으면, 다시 육십 년
어떻게 죽을 날짜를 기억했을까

새 한 마리 무게도 몸 굽혀 받아 안더니
뼈 마디마디 허공을 타고 오르더니
제 몸 묻을 곳, 저곳이었나

그가 평생 키운 것은 귀 푸른 소리
마디마다 새 울음, 바람 소리
그 몸을 연주했던 것

눈이 침침한 늙은 왕대나무
귀를 적시던 소리 동이 났으니
이제 다시 몸을 켤 수 있을까

그는 가려는지 유언처럼 흰 우듬지 꽃의 마음으로
대숲에 우는 묵언, 바람 소리로
아득한 높이에서 왕대나무
소리 없이 영혼 꼿꼿하게 눕히고 있다

04

흐르는 것은 슬프다

나는 왜 흐르는 것에 슬퍼질까 그것은 어린 나
를 두고 뱃고동 소리 따라 연락선을 탔던 어미에
대한 기억 때문이다

-「흐르는 것은 슬프다」 중에서

흐르는 것은 슬프다

—

　흐르는 것을 보고 있으면 슬퍼진다. 왜 흐르는 것에서만 유독 슬픔이 묻어나는 것일까? 비 오는 날에 빗방울이 유리창을 타고 흐르는 것을 보고 있으면 울컥 슬프다. 굽이쳐 흐르는 강을 바라보고 있어도 슬프다.

　기차가 외길 철로를 따라 흐르는 것을 보면 애절한 이별을 보는 듯 슬퍼지고, 바다에서 어디론가 가고 있는 배를 봐도 저절로 슬픔이 차오른다. 떨어진 낙엽이 비에 젖어 흐르는 것을 봐도, 먼 산 조각구름이 어디론가 흘러가는 것을 봐도 슬퍼진다. 나뭇가지를 흔들며 지나가는 바람에도 슬픔이 차오른다. 개울을 따라 흘러가는 종이배마저도 슬프다. 나는 왜 흐르는 것에 슬퍼질까. 그것은 어린 나를 두고 뱃고동 소리 따라 연락선을 탔던 어미에 대한 기억 때문이다.

　정지되어 있는 사물은 그 자체에 고요함이 있어 정겨울지라도 그것이 어디론가 흐르고 있으면 저절로 슬퍼진다. 들판에서 일하는 농부가 쟁기를 메고 가는 모습에서, 일을 마치고 돌아오는 발걸음에도, 방학 때 귀향길에 오른 아들 녀석의 발걸음에도 슬픔이 느껴진다.

　인생이 한참이나 살아온 뒤에야 지난 세월이 새삼 아쉽고 슬퍼지는 것도 모두 그 흘러가는 것들 때문이다. 또 나이가 들수록 어린 시절에 기억된 상처가 지워지지 않고 아주 작은 울림에도 이것을 견디지 못하는 여린 감성 때문이다.

물방울

풀잎 끝에 바동바동 매달린 이슬방울
가장 완벽한 것이 가장 불안하다

바람에 떨어져
어느론가 흘러갔다
한 곡조의 애절한 음률을 남기고
다시 비가 되어 돌아오는지,
강을 지나 깊은 바닷속
어느 아가미에 들어가 숨소리가 되는지,
사라진 그 순간을 누군들 기억이나 하랴

출근길
물방울처럼 사라져버린 옛 친구
그가 남긴 흔적이 가슴에 촉촉하다

짧은 일생 하나가 쪼르륵 굴러와
생각을 적시고 간다

아버지의 눈물

앞서가는 어느 아버지의 눈물이 내 눈물일 수 있다. 그 눈물은 이 땅의 모든 아버지의 눈물이요, 고뇌요, 아픔이다.

아버지의 눈물은 진하다.

이 세상 모든 아버지들은 내 부족함으로 아이들에게 풍요로움을 주지 못함을 아쉬워할 때 가장 고통스럽다. 자신의 무능이 가장 큰 죄 인양 여기는 것이 아버지이다. 평생 가족을 먹여 살려야 하는 임무를 짊어지고 비가 오나 눈이 오나 문을 열고 나서는 것도 아버지이다. 젊어서는 집에 있는 것이 죄요, 늙으면 짐이 되는 것이 죄가 된다고 여기는 것 또한 아버지이다. 큰 소리 내어 웃는 건 좋으나 큰 소리로 울어서는 안 되는 것도 아버지이다. 가족을 위해서라면 온 청춘과 젊음을 다 바쳐도 그러려니 해야 하는 것도 아버지이다.

아버지 마음에 가장 많은 상처를 주는 것은 가족이다. 그러나 아버지의 상처를 가장 잘 치료받을 수 있는 곳도 역시 가족이다. 아버지가 아프면 가족이 모두 아프다.

사실 알고 보면 아버지도 한없이 여린 사람이다. 눈물 흘릴 줄 알고 아파할 줄도 아는 사람이다. 아프지 않은 것처럼 보일 뿐이다. 겉으로는 늘 호탕하게 웃고 아무렇지도 않은 듯 툭툭 털고 일어나지만, 사실은 한 번씩 피를 토하듯 진한 울음을 숨어서 우는 것이 아버지이다.

아버지는 마치 고물(진가루)을 만들고 남은 찌꺼기인 무거리 같은 존재인지도 모른다. 이 땅에서 아버지의 이름으로 산다는 것은 힘든 일이다. 세월의 무게로 지쳐가는 아버지. 그러나 아무 데서나 푸념하고 하소연할 수도 없는 아버지. 그런 아버지의 눈물은 진할 수밖에 없다.

어느 시 구절처럼 늙은 아버지는 다 부어주어 빈 병이 되어 홀로 울기도 한다. 바람이 지나갈 때마다 아버지의 그 텅 빈 속에서는 휘파람새 울음소리가 빠져나온다.

아버지의 눈물을 위로할 수 있는 것은 오로지 가족이다. 따뜻한 말 한마디에 진심 어린 감사의 마음을 담아 아버지에게로 전달되는 순간, 세상의 모든 아버지들은 환하게 웃는다. 아버지가 웃으면 가족이 웃는다.

이 땅의 모든 아버지여, 아버지의 수고로움에 박수를 보낸다.

버섯꽃

대를 이어받은
아비 얼굴을 닮은 텃밭 하나
그동안 경작 요령도 배우고 익혀
넘치도록 수확했다
가뭄에는 몸살을 앓기도 했지만
이웃에게 위로를 나눠주며 살았다

맨손인 그에게는
몸뚱이 하나가 전부였다

그동안 거둬들인 게 많은데
어느 해부터
기름진 밭이 점점 말라가더니,
힘이 부쳐 묵정밭이 되었다

물려 줄 것 없는 그는
까실한 얼굴 밭에
어디서 날아왔는지
얼룩 홀씨가 뿌리내려
검은 버섯꽃이 만발했다

199

마음으로 가는 봄

봄은 소리 없는 나그네다.

세월의 아쉬움에 못 이겨 마음의 문을 지그시 잠궈본다. 그러나 마음은 어느새 문틈 사이로 오는 봄을 맞으러 슬며시 빠져나가고 만다. 이렇게 봄은 언제나 사람의 마음을 잡아당기는 마력을 지녔다.

문틈 사이로 빠져나간 마음은 어느새 봄에 흠뻑 취한다. 정에 취하듯, 사랑에 취하듯 한껏 젖어든다. 겨우내 움츠렸던 마음에도 꽃이 피고 새가 울기 시작한다. 낮게 핀 노랑제비꽃이라도 만나면 나도 모르게 무릎을 꿇고 싶다. 울새 한 마리 눈앞에서 담장을 넘어가면 발길도 덩달아 홀린 듯 따라나설 판이다.

부르지 않아도 어김없이 밝아오는 새벽처럼 봄도 그렇게 환하게 밝아온다. 아침 해를 대하듯 가만히 온몸을 열어 봄을 맞이해 본다.

봄꽃을 오래 들여다본다. 봄이 오면 자신의 계절에 몽땅 몸을 바친다. 맨발로 겨울을 건너와 한철 붉고 희고 샛노랗게 피었다가 소리 없이 지는 꽃들이다. 아직 겨울 여운이 남아 있는 새초롬한 날씨 속에서 피는 봄꽃을 보고 있으면 마음이 아프다. 나이 탓일까. 젊은 시절엔 꽃의 아름다움만 보이더니 나이가 들어가니 전에 몰랐던 아픔까지 느껴진다.

마음으로 보는 이 봄, 내가 만약 겉모습만 보고 좋았다면 오는 봄만 맞이하고 마음으로 가는 봄을 느끼지 못하고 지났을지도 모른다. 이 봄이 가고 나면 내 안에 봄은 또 오랜 기다림으로 남을 것이다. 봄의 향연은 절정으로 치닫고 중년을 훌쩍 넘어선 눈에서는 때아닌 눈물이 맺힌다.

이 봄, 눈을 감으면 내 안에 조용히 날개를 접으며 내려앉는 말이 있다.

'나로 인하여 아팠던 이여, 부디 나를 용서해 주오.'

고요한 봄

북한산 능선 길
그늘에 앉아 봄을 바라본다
봄볕에 그늘을 넓히느라 적송은
지금 파란 손가락을 내미는 중이다
나무의 여린 손가락들이 허공을 찍어 맛을 본다
우듬지까지 바람이 흘러가고 나서, 나무는
하늘과 한 뼘 가까워질 것이다

저 산 아래 흐르는 강도 봄을 낳는 중이다
물고기들이 단맛이 든 강물을 찍어 먹느라
강물이 비늘처럼 튀어 오른다
강은 먼 기억처럼 흘러가고
강을 하염없이 바라본 사내를 기억조차 못 할 것이다
나무가 애써 키워온 그늘도 바람이 거두어가고
마침내 벌레의 집이 될 것이지만, 나무는 부지런히
봄볕을 떠먹는다

마음이 몸을 부축하고 걷는 길

나를 지켜주는 것은 마음뿐이다
혼자서는 목이 메여 챙겨온 도시락을 내려놓고
터벅터벅 외로움을 더듬는다

사라진 것들이 그리운 봄날,
너덜대는 마음을 하루재 벤치에 앉혀두고
이제는 버려야 할 것과 지니고 갈 것
흑백의 풍경을 분리해본다

바람에 팔 하나를 내어준 나무처럼
나는 누구에게 나를 내어줄까
어느 봄날,
잊었던 나를 불러내어 고요히 나를 읽는다

신이 내려준 치료제

—

    나이를 먹으니 작은 일에도 눈물이 난다. 처음엔 드라마를 보다가 나도 모르게 눈물이 나서 당혹스럽더니 이제는 아주 자연스럽다. 나이가 들어갈수록 눈물샘이 점점 느슨해지는 건 당연한 일. 눈물 난 자리가 환해지는 걸 보면 눈물은 분명 내게 약으로 쓰이는구나 하는 생각을 한다.

    눈물은 눈을 지키는 역할을 한다. 깨끗하게 세척하고 매끄럽게 만드는 윤활유 역할을 한다. 또 외부로부터 세균의 침입을 막아준다. 늘 안구를 촉촉하게 젖게 하여 눈이 하는 일을 돕는다. 눈물은 민감한 냄새에도 반응한다. 특히 양파 같은 자극적인 냄새에 예민하다. 그렇지만 뭐니 뭐니 해도 눈물이 가장 크게 반응하는 것은 사람의 마음이다. 마음에서 일어나는 갖가지 감정에 가장 크게 반응하는 것이 눈물이다. 슬프거나 기쁘거나 놀라거나 하는 마음이 어느 정도의 수위를 벗어나면 눈물이 등장한다. 또르르 방울져 흐르기도 하고, 주르륵 한 줄기로 흐르기도 하고, 펑펑 샘처럼 솟아나기도 한다. 사람들은 그렇게 때맞춰 등장하는 눈물로 서로 화해하고 용서하고 사랑을 나눈다.

    눈물이야말로 신이 준 마음의 치료제이다. 눈물은 건강을 유지하는 데 지대한 효과를 발휘한다. 몸에 좋은 여러 가지 호르몬을 배출하고 신진대사를 촉진

시키는 역할을 톡톡히 해낸다.

슬퍼할 일이 있으면 참지 말고 실컷 울어 주는 것이 좋다. 맘껏 울고 나면 속이 시원해지고 편안하게 비워진다. 지나치게 감정을 참으면 속병으로 이어지고 메마른 사람이 되기 쉽다. 실제로 몇 달 밖에 살지 못할 것이라고 판명이 난 말기 환자에게 하루에 한 번 이상 통곡하여 울게 하였더니 무려 6년이나 더 살았다고 한다.

마음의 병이 반이라고 한다.

마음속에 미움, 증오 슬픔이 차있다면 눈물로 싹 씻어 내리고 볼 일이다. 물청소하듯 깨끗하게 비운 자리에 향기 나는 꽃을 심어도 좋고, 씨앗을 뿌려도 좋고, 나무를 심어도 좋을 것이다. 아니면 구름이나 바람이 잠시 머물다 가게 훤히 비워두는 것도 좋을 일이다.

엄격하고 단호하게

—

　요즘 신세대는 자녀를 하나만 낳고 둘 이상을 낳으려고 하지 않는다.

　그래서 그런지 자녀를 엄한 훈계나 꾸지람으로 양육하지 않고 무조건 아이의 의사를 따르는 경향이 있다. 아이 의사를 존중하는 것은 바람직하지만 투정까지 모두 받아주는 것을 보고 있으면 저건 아니지 하는 생각이 절로 든다.

　가정교육은 원칙과 질서가 있어야 한다. 어느 날 백화점에 데리고 간 아들이 난데없이 비싼 장난감을 사달라고 떼를 쓴다고 하자. 그러면 대부분의 부모들은 아이와 맞서다가 어쩔 수 없이 들어주고 만다. 아이는 그 후부터 떼만 쓰면 모든 것이 얻어지는 줄 알게 된다. 가끔 상점 안에서 벌렁 누워 울고불고하는 아이들은 모두 그 떼 맛을 안다. 그래서 부모는 귀한 자식일수록 엄격함과 단호함으로 대해야 한다.

　예를 들어 장을 보는 중에 아이가 보채면,

　"네가 이렇게 떼를 쓰면 그냥 갈 거야."

　하고 단호하게 장보기를 포기하고 집으로 돌아올 줄도 알아야 한다. 아이는 통하지 않는다는 것을 알면 다음부터는 그 방법을 쓰지 않게 될 것이다.

　부모가 능력이 있든 없든 아이들 물건은 어디서든 불황이 없다. 부모는 온 힘을 짜내어 아이들이 원하는 것은 물론이고 굳이 원하지 않는 것도 넘치게 안겨

주기도 한다. 심지어는 유행하는 장난감을 아이에게 안겨주기 위해 새벽부터 줄을 서고, 몇 십 배의 웃돈을 얹어주기까지 하면서 구하기도 한다. 그렇게 구한 장난감이어도 유행이 지나면 아무렇게나 던져버린다.

원칙과 질서가 없는 양육은 아이를 망친다. 부모로서 한번 원칙을 세웠으면 늘 예외 없이 밀고 나가야 한다. 이랬다저랬다 하게 되면 그 원칙은 없는 것만 못하다. 이러니 부모 노릇이라는 게 어찌 쉽다고만 할 수 있겠는가. 불현듯 아들과 자전거를 배우던 그때가 생각난다.

중심

관사 마당에 잠들어 있던 자전거를 깨워
뻑뻑하게 방치된 관절에 기름칠을 하고
어린 아들에게 타는 것을 가르친다

첫걸음은 서툴고 설레는 것
손 잡으면 주인 되는 자전거自轉車, 스스로 간다지만
제힘으로 한 발짝도 못 가는 차갑고 속 빈 쇳덩이
뼈마디 텅 비어있지만 야무진 두 다리를 가졌다
저 바퀴 속 가느다란 빗살들은 양 바퀴를 바꾸지 않는 고집이
있다

아버지는 아이의 호기심과 불안을
등 뒤에서 껴안고 함께 바퀴를 굴린다
바닥을 기던 아이가 뒤뚱뒤뚱 걷듯이
슬슬 밀어주면 넘어질까 안절부절 천천히 은빛 바퀴가 굴러간
다

더 넓은 세상으로 나오면

페달에 얹힌 짧은 발, 엉덩이도 따라 실룩거린다
이미 아비는 손을 놓은 지 오랜데
손을 놓지 말라는 아들, 아버지 믿음이 질주를 도왔다
그날의 아버지 손이 서른 넘도록 길잡이가 되었다
밟다 보면 언젠가 산허리를 타고 하늘을 오를 것이다

비틀거릴 때마다 중심을 잡아주던 아버지
이제 아들이 아버지의 중심이 되고 있다

떠날 때는 말없이

—

　어린아이와 노인은 공통점이 많다. 침을 흘리고, 저절로 눈물이 나고, 잠자기를 좋아하고, 누가 옆에 있어 주는 것을 좋아한다. 다른 점이 있다면 어린아이는 성장하고 늙은이는 죽음과 가까워진다는 것이다.

　젊은 시절엔 시간이 가는 것도 모르고 지내다가 막상 나이가 들어보니 자꾸 살아온 세월을 뒤돌아보게 된다. 사람은 나이에 따라 느끼는 정도가 다르다. 돌이켜 보니 지난 세월은 아쉬움만 남고 남은 세월에는 애잔한 마음만 든다. 그래도 다시 생각해 보면 젊은 시절은 그 시절대로 좋았고, 나이 든 지금은 이 나름대로 또 사는 맛이 있다.

　가는 세월은 잡을 수가 없다. 그것을 알면서도 우리는 마치 천년만년 살 것처럼 많은 것들을 움켜쥐고 산다. 들에 핀 꽃이 아무리 아름답다 해도 해가 지면 두고 집으로 들어와야 한다. 우리는 잠시 머무르다 가는 존재이다. 마치 내 것인 양 움켜쥐고 살지만 갈 때는 아무 것도 손에 들고 갈 수 없다.

　가야 할 때는 미련 없이 가야 한다. 도덕경에 공성명수신퇴功城名遂身退라는 말이 있다. 즉 공적을 이루고 명예를 완수한 다음에는 몸이 물러나는 것이 사람의 도리라는 뜻이다. 누구든 제 몫의 삶을 다 살고 나면 미련 없이 떠나야 한다. 떠날 때를 대비해서 서서히 비우는 준비를 해야 한다. 그래야 가는 길이 가벼워지지 않겠는가.

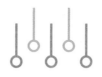

운전학원 헤프닝

自동차 운전학원을 운영한 지 10년쯤 되었을 때의 일이다.

어느 수강생이 학원 강사를 상대로 고발한 사건이 생겼다. 수강생은 40대를 훌쩍 넘어선 여자였다. 여자의 입장을 이러했다.

어느 날 운전 교습 중에 옆에 앉은 강사로부터 성희롱을 당했다고 했다. 운전은 제대로 가르쳐주지 않고 야한 말만 늘어놓았다는 것이다. 게다가 음흉한 눈빛을 보내더니 결국 기어 넣는 동작을 하는 척하면서 치마 속으로 손을 넣어 허벅지를 만졌다는 것이다.

이쯤 되니 학원 강사의 말을 들어보지 않을 수가 없었다. 학원 이미지가 걸린 일이고, 자칫하면 학원 운영에 막대한 피해를 입힐 수도 있는 사안이었다. 강사는 그런 적이 없다고 딱 잡아떼었다. 그러더니 이번에는 학원 강사가 여자를 상대로 역으로 고발한 뒤 자신의 무고함을 주장했다. 그는 오히려 여자가 강사를 유혹하기 위해 야한 옷차림을 하고 다녔다는 것이다. 특히 팬티를 입지 않고 온다는 것이었다. 이를 위해 동료 강사들의 증언까지 첨부하기에 이르렀다. 할 수 없이 두 사람을 불러 해결점을 찾아보기로 했다.

우선 여자 얘기를 들어보니, 허벅지를 만지지 않았다는 사람이 어찌 팬티를 안 입은 것을 아느냐는 것이다. 그 말을 받아서 남자는, 그러면 어찌 바지에 팬티 라인이 안 보일 수가 있느냐고 따졌다. 자기만 본 것도 아니고 옆 강사들도 모두 같이 본 사실이라고 했다. 그때서야 여자가 소리를 빽 질렀다.

"야, 너는 똥꼬 팬티도 모르냐?"

살다 살다 똥꼬 팬티라는 것이 있다는 것을 난생 처음 알았다. 그것보다 점점 싸움만 부추기는 꼴이 되고 말 것 같았다. 그래서 두 사람에게 조용히 생각할 시간을 더 주기로 했다. 얼마 후에 여자를 불러 조용히 물어보았다. 그랬더니 불합격을 받은 것에 대해서 약을 올리고 비아냥거려서 복수하려는 마음에 그랬다는 것이다. 어처구니없는 일이었지만 끈질긴 설득 끝에 겨우 무마시킨 황당한 사건이었다.

강사의 하루

광교산에 안개가 고양이처럼 기어오면
어제 울던 밤새가 아침을 반긴다
들머리를 지나 오르다 보면
헐떡이던 훈김이 발길에 차인다
지문이 닳도록 마음을 묻어 버린 곳
주인 없는 차가 묵묵히 반긴다

불안하고 초조한 사람들
안전을 생명처럼 소장하고 산다
더딘 걸음 보내야 하는 아쉬움
잔조 같은 그리움이 스친다
오늘도 견딜 만큼 긴장을 내려놓고
해 저문 산길을 호젓하게 내려간다

지워지는 이정표

■

'버킷 리스트'라는 영화가 있다.

카터라는 노인은 돈을 많이 벌어 2인실 이상의 병실로만 되어 있는 병원을 지었다. 시간이 지나 카터는 암에 걸려 자신의 병원에 입원을 하게 되었다. 그는 그곳에서 에드워드라는 가난한 흑인 환자와 같이 방을 쓰게 되었다. 어느 날 카터는 우연히 에드워드가 버린 구겨진 종이를 보았다. 그 종이는 에드워드가 아프기 전에 쓴 버킷 리스트였다. 곧 죽어가는 몸이라 더 이상 의미가 없어 포기하고 버린 종이였다. 카터가 읽어보니 그 내용은 크게 특별한 것들이 아니었다. 불 깡통을 매달고 질주하여 경찰이 쫓아오게 하는 일, 눈이 예쁜 소녀(냄새난다고 옆에 오지 못하게 하는 손녀딸)와 입맞춤하기, 로키산 꼭대기에서 야호~ 하고 외치기 같은 것들이었다.

카터와 에드워드는 의사의 만류도 뿌리치고 병원을 나왔다. 두 사람은 에드워드의 버킷 리스트에 적혀 있는 것들을 하나하나 이루어 나간다. 그 후 두 사람은 마지막으로 리스트에 적힌 로키산을 오르다가 죽음을 맞이하고 그곳에 영원히 묻혔다.

버킷 리스트는 죽기 전에 꼭 하고 싶은 꿈들을 모아놓은 리스트이다. 누구든지 마음속에 언젠가는 꼭 하고 싶은 일들이 있을 것이다. 사랑하는 사람과의 만남, 보고 싶은 곳 여행하기, 멋진 집에서 살아보기, 귀한 음식 먹어보기, 유명한

산에 올라보기, 미지의 세계 탐험하기 등 그리 어렵지 않은 일들이다.

버킷 리스트는 시간이 많거나 돈이 많아야 할 수 있는 것들이 아니다. 누구든지 주어진 환경 안에서 하나 둘 이루어 나가면서 삶의 의미와 참맛을 느끼게 하는 꿈의 목록이다.

나는 살면서 문득 작은 소망들이 떠오르면 그것들을 나만의 버킷 리스트에 올려놓는다. 나의 버킷 리스트에는 사소한 것에서부터 시간이 걸리는 것들까지 다양하다. 새로운 것을 리스트에 올리는 일과 이룬 것을 리스트에서 지우는 일은 언제나 가슴을 설레게 한다.

오늘도 책상 위에 놓인 이정표를 바라보며 어느 것 하나를 실천에 옮길까 하고 즐거운 궁리를 한다.

버킷 리스트

내 가슴속에 적힌 목록
아직 피지 않는 꽃이 수두룩하다

어디에서
또 다른 꽃이 되려고
가보지 못한 미지의 꿈
수 년 깊은 잠이 들었나

무릎이 투덜대고
동행인이 기력을 잃어
더는 갈 수 없는 리스트

올가을에는 만사 접어 두고
버킷 리스트 스물일곱 번째 줄
알라스카 빙산에 올라
나무을 심으련다

나이는 저물어 가는데
아직 서른 줄이나 남았다

가난이라는 스승

부자의 기준은 어디에 있을까. 나는 궁금하여 남에게 빌리러 가지 않을 정도면 부자라고 생각한다. 나처럼 군 생활을 오래 하다가 사회에 나오면 대부분 어려움이 많다. 내가 육군대학 시절 주의 깊게 본 논문이 있었는데 '제대군인의 평균연령에 관한 고찰'이라는 제목의 글이었다.

그 내용을 보면 예편한 장교 중에 연금 수혜자의 평균 수명이 58.7세이다. 지금은 좀 다르겠지만 그 원인은 외롭고 가난해서 일찍 죽는다고 한다. 한참 일을 해야 할 40, 50대에 사회에 나오면 여러 가지 문제와 부딪치게 된다. 우선 기거할 집 마련과 자녀들의 학비 문제가 가장 크다. 자녀들에게 한창 돈이 들어갈 시기이고, 곧이어 결혼시킬 시기도 닥친다. 대부분 성급한 마음에 섣불리 무리한 투자를 해서 그나마 갖고 있는 돈마저 잃게 되는 경우도 허다하다. 어떤 경우는 사기꾼을 만나 몽땅 털리기도 하니 그 정신적인 스트레스가 병을 초래하게 되는 것이다. 평생을 나라에 충성하다가 한창 활동할 나이에 사회에 나와 재산과 건강까지 잃는다는 것은 생각할수록 안타깝고 애석한 일이다.

나는 다행스럽게도 어린 시절에 일찌감치 가난이라는 스승을 만났다. 그때부터 가난을 벗어나기 위해 군 생활하는 동안에도 부단히 노력을 하여 작으나마 결실이 있었다. 어려웠던 내 유년시절의 지독한 가난은 내 삶의 값진 교훈이었다. 그 시절에는 용돈이나 간식거리는 생각지도 못한 일이었다. 연필과 공책이 필요하면 며칠을 두고 외할머니께 사정해야 했다. 겨우 달걀 하나를 얻어내면 그것을 쥐고 십 리나 되는 등굣길을 조심조심 걸었다. 어느 날은 둑길에 넘어져 그만 달걀이 깨져버린 적도 있었다. 그때 손가락으로 그 깨진 달걀을 찍어 먹으며 눈물을 흘렸던 기억이 지금도 눈에 선하다.

가난한 삶은 나에게 절약하는 습관을 주었다. 그것은 지금껏 우리 가정의 엄한 교훈으로 남아 있다. 나는 가난은 부끄러움이 아니라 조금 불편할 뿐이라는 말을 인정하지 않는다. 내가 몸소 겪은 가난은 그렇지 않았기 때문이다. 나는 어린 시절 지독한 가난에 물려서 내 처자식에게만은 그 고통을 주지 않으리라 결심한 사람이다. 무능한 가장 역할이 가장 부끄러운 일이라고 여기며 살았다. 추호도 내가 겪은 가난을 대물림할 수 없다는 생각이 나를 더욱 단단하게 만들었던 것 같다.

베풂과 봉사도 마음만 가지고는 한계가 있다. 옛말에 광에서 인심 난다는 말이 있다. 내가 가지고 있는 것이 없으면 남에게 베풀고 싶어도 베풀 수가 없다. 우스운 말로 놀이 삼아 치는 고스톱도 따야 인심을 쓸 수 있는 법이다.

가난은 나로 하여금 부지런함이 가장 큰 미덕임을 알게 했다. 그 실천에 보탬을 준 것은 다름 아닌 가족이었다. 특히 집을 떠나 지방에서 장사를 할 때 아내와 아이들의 희생과 지원이 큰 힘이 되어주었다. 나의 삶 구석구석은 어느 것 하나라도 가족의 헌신이 없이는 이룰 수가 없는 것들이었다. 꿋꿋이 견뎌 준 아내와 세 자녀에게 진심으로 감사할 따름이다. 예편 후에 가난을 벗어나려고 또 다른 전쟁터를 지나왔다.

정글전戰

퇴직금 털어 피자집을 차린 부부
대박을 꿈꾸며 정글 속으로 갔다
귀를 쫑긋 세우고 프랜차이즈 전술을 배운다

이 정글의 터줏대감은
한자리에 십팔 년, 수천 마리 닭 모가지를 비틀어
장작불을 지핀 노부부,
산전수전 다 거친 백전노장

좁은 땅 한 달에 칠천 명이 지원하여
오천 명이 도태되는 전쟁터
열에 일곱은 삼 개월 안에 삼십육계 한다

피자 한 판에 할인가 만구천 원
다음날 옆집은 만삼천 원, 손익분기점이다
대박은 꿈도 꿔보지 못하고 시들었다

정신무장한 스파르타군이라도

물량공세 페르시아군을 막지 못하고
옆집 통닭은 삼 년 전쟁에 패하고 말았다
길 건너 족발은 팔 년 만에 깃발 꽂는 순간
강제명도집행에 쫓겨날 신세, 권리금 족쇄 풀지 못하고
피해자는 있는데 가해자가 없다
부인은 파출부, 남자는 벽돌을 지는 날품팔이 패잔병

친구마저 떠난 자리
정글전戰에서 만난 빚이란 친구가 슬그머니 와있다

편지

한글날이 되면 그 할머니 생각이 난다.

60년대 초급장교 시절, 강원도 양구군 방산에서 근무할 때의 일이다.

어느 날 위병소에서 전화 한 통이 걸려왔다. 동네 어느 할머니가 나를 만나고 싶어 한다는 것이었다. 만나서 보니 그 할머니는 부대 안에서 무학자 병사들이 공부하고 있는 반에 들어와서 한글을 배우고 싶다고 했다. 굽은 허리에 하얀 머리, 주름지고 조붓한 얼굴이 애잔해 보였다. 나는 대대장의 허락을 받아내고 할머니를 받아주었다. 그 당시 나는 부대 안에서 무학자 병사들에게 한글을 가르치고 있었다. 공부시간이면 할머니는 감자나 옥수수를 가지고 와서 병사들에게 나누어 주었다. 늘 일찍 와서 맨 앞자리에 앉았다. 돋보기 너머로 나를 흘끔흘끔 쳐다보며 어느 학생보다도 더 열심히 공부했다. 줄 쳐진 누런 노트에 연필로 꼭꼭 논에 모를 심듯 글씨를 써나갔다. 연필 끝에 침을 발라가며 한 자 한 자 정성을 다했다.

어느 날 쉬는 시간에 할머니에게 조용히 물었다.

"왜 이 연세에 한글을 배우시려고 합니까?"

할머니는 조용히 대답을 했다.

"이북에 있는 아들에게 편지를 쓰려구요."

할머니는 이북에 아들을 두고 내려와 혼자 살고 있다고 했다. 학교 근처에도 가보지 않았으니 글을 쓰고 싶어도 쓸 수가 없었다는 것이다. 할머니는 어떻게 그리운 마음을 글자에 담아 편지를 쓰고 싶다는 생각을 했을까. 자음과 모음이 만나 글자가 되고 그 글자에 애끓는 마음을 담을 수 있다는 것을 또 어찌 알았을까.

얼마쯤 지나자 할머니는 편지를 쓸 수 있을 만큼 글자를 익혔다. 어느 날 할머니는 그동안 배운 글자로 한 자 한 자 편지를 써서 보여주었다.

'네가 오지 않으면 내라도 가마…….'

마지막 구절에 가슴이 몹시 아팠다. 할머니는 편지를 조붓하게 접어서 봉투에 담았다. 황해도 해주 돌담길 따라가면 살고 있을 '최갑석'이라는 이름 석 자도 또박또박 썼다. 할머니는 남이 볼세라 몇 번이고 몰래 눈가를 훔쳤다. 그날따라 비가 내렸다. 후투티라도 날아와 할머니의 편지를 물어다 전해 주었으면 좋으련만. 할머니는 부치지 못할 그 편지를 오래오래 어루만졌다.

한글날이 되면 새삼 그 할머니 생각이 난다. 내 평생에 가장 보람으로 남는 한글 공부 선생 시절이었다. 내 나이도 벌써 그때 할머니의 나이가 얼추 되어간다.

동박새

동박새는 한겨울 동백나무에 머무는 새다. 나는 이런 동박새와 동백나무를 닮은 이들을 본 적이 있다.

붉은 동백나무 사이로 저녁노을이 그림자를 드리운다. 언제나 이때쯤이면 꼬부장한 할미 등처럼 낡은 포장을 두른 고물차 한 대가 동네에 들어선다. 곧이어 귀에 익숙한 목소리가 들려온다. 그것은 청중의 심금을 울리는 목소리나, 하늘에서 내려오는 천사의 목소리나, 흥에 겨운 노랫소리도 아니다. 매일 저녁 무렵이면 낡은 스피커에서 흘러나오는 순대를 파는 어느 행상 여인의 목소리이다.

"순대 사세요! 저희가 직접 만든 것이라 참 맛있습니다!"

"순대 사러 나오세요!"

우리 동네에는 몇 해 전부터 비가 오나 눈이 오나 늘 같은 시간에 순대를 파는 부부가 있었다. 맛이 좋아 그동안 단골도 생기고 해서 점점 그 부부를 기다리는 사람이 늘어 갔다.

그런데 지난 가을부터인가 한참 동안 그 소리가 들리지 않았다. 긴긴 겨울이 지나고 따사로운 햇살이 번지던 어느 봄날, 문득 순대를 파는 그 여인의 목소리가 다시 들려 왔다. 몹시 반가웠다. 그동안 왜 나타나지 않았을까.

순대 차로 가까이 다가가 보았다. 어찌 된 일인지 여인은 보이지 않고 남자뿐이었다. 그 남자로부터 그동안의 이야기를 들을 수 있었다. 부부는 수년 동안 꼭 두새벽에 일어나 장을 보아다 순대를 만들어 팔아왔다고 한다. 가난하고 고된 생활이었지만 행복한 시간이었다. 그러나 운명은 부부에게 불행을 안겨 주었다. 지난가을 그 부인이 갑작스레 암 선고를 받고 겨울을 넘기지 못하고 만 것이다.

그의 아내는 둥글고 그을린 얼굴에 항상 진붉은 입술 연지를 바르고 있었다. 그 모습을 떠올리니 마치 한겨울에 피는 동백꽃을 닮았구나 싶었다. 그 아내가 동백꽃이라면 곁에 있는 남편은 그 꽃에 머무는 동박새라고 할 수 있겠다.

동백꽃은 찬바람이 불어오는 겨울에 짙은 꽃가루를 안고 산다. 하지만 그 겨울에 벌 나비가 없으니 꽃가루를 옮길 수가 없다. 한겨울이면 동박새는 갈록색 옷을 입고 호된 추위에도 목줄을 세워 노래를 한다. 동백나무 이 가지 저 가지로 날아다니며 겨울을 나는 동박새. 그리고 그 곁에서 동백꽃은 점점 붉어간다.

동박새 남편은 동백꽃 아내를 만나 가정을 이루고 두 딸과 아들 하나를 두었다고 했다. 함께 억척스럽게 장사를 해서 자리를 잡아가는 중에 이런 불행을 맞은 것이었다. 남자는 사랑하는 아내를 잃고 길고도 혹독한 겨울을 보내고 간신히 일어났다. 그리고 다시 트럭을 손질하고 순대를 싣고 거리로 나왔다. 생전의 아내 목소리가 담긴 녹음테이프를 틀 때마다 더욱 애잔해진다고 했다. 그럴수록 남자는 날마다 볕 좋은 곳에 차를 대고 아내의 목소리를 풀어 놓고 손님을 부른다고 했다.

늦은 저녁, 가난한 동박새 남편은 하루를 주섬주섬 챙겨 둥지로 향했다. 집으로 돌아갈 때에는 행여 아이들의 귓전으로 어미 음성이 들어갈까 봐 녹음 소리를 일찌감치 끈다고 했다. 어두운 밤 아내가 없는 쓸쓸한 둥지로 향하는 동박새 남편의 뒷모습이 한없이 쓸쓸해 보였다. 하필이면 그날이 달도 없는 그믐밤이었다.

인도를 가다

—

내 나이 예순에 22명의 청년들과 함께 한여름 인도 배낭여행을 떠났다.

타지마할로 가는 길에서 만난 한 운전수 이야기를 하려고 한다.

여행 중에 만난 늙은 릭샤(바퀴 셋 달린 택시) 운전수는 특히 익살스럽고 허풍이 많았다. 키가 크고 흰머리에 수염까지 하얀, 내 나이 정도로 보이는 사람이었다. 그는 아그라라는 마을의 한 변두리 허술한 호텔 앞에서 손님을 기다리고 있었다. 우리의 여행코스는 타지마할을 구경하고 아그라 성을 거쳐 시네마 쇼핑타운을 들려 호텔로 다시 오는 코스였다. 그 코스를 설명하자 400루피를 달라고 했다. 우리가 300루피를 주겠다고 하자 선선히 타라고 하였다.

인간이 만든 가장 뛰어난 건물 중 하나인 타지마할로 향했다. 늙은 릭샤 운전수의 수고로 타지마할 남문에 도착했다. 그곳 한식당에서 점심을 먹었다. 밥은 마치 모래알처럼 입안에서 나뒹굴고 깍두기는 당근에 토마토 케첩을 발라놓은 듯 엉망이었다. 하지만 먹어야 여행을 할 수 있기에 우리는 묵묵히 점심을 때웠다. 늙은 릭샤 운전수는 기다릴 터이니 구경을 하고 오라며 골목길 주차장을 가리켰다.

전설적인 타지마할은 인도가 가장 번성하던 무굴제국시대 사랴한 왕이 만든 무덤이다. 왕비인 뭄타즈가 열다섯째 아이를 낳다가 그만 세상을 떠나자, 왕은 아내를 기리기 위해 역사적인 무덤을 만들었다. 이 건물은 해 질 무렵과 달이

뜰 때 그 아름다움의 진가를 발휘한다. 호수에 비치는 그 모습이야말로 마치 죽은 아내의 영혼이 물에서 살아나올 것 같이 아름답다. 밤에 보는 타지마할은 허공에 떠 있는 신비한 궁전 같기도 하고, 영혼이 깃든 사랑의 신전같이 보이기도 한다.

타지마할을 구경하고 남문으로 나오는데 갑자기 비가 쏟아졌다.

비가 억수같이 오는데 그 늙은 릭샤 운전수가 비를 맞은 채 꼼짝 않고 우리를 기다리고 있었다. 차가 있는 곳까지는 길에 물이 많으니 돌아서 오라고 멀리서 손짓해 주었다. 노인은 목에 걸고 있던 후줄근한 수건으로 뒷좌석의 물을 훔치며 앉으라고 했다. 다음 구경지인 아그라 성을 향했다.

가는 중에 늙은 릭샤 운전수가 말했다. 오늘 릭샤 요금은 처음 이야기하던 400루피로 하자는 것이었다. 그렇게 하면, '유 해피, 아이 해피, 위 해피(You Happy, I Happy, We Happy)'라는 것이다. 알았다고 해도 이 노인은 자꾸 '노 프라블럼(문제가 없습니다)'을 반복했다. 볼수록 흰 수염에 인정 많은 웃음밖에 없는 밝고 순수함이 넘치는 얼굴이었다. 도착한 아그라 성에서 구경을 하고 나올 때까지 또 역시 미동도 않고 그 자리에서 우리를 기다리고 있었다.

나는 이미 델리에서 그곳 아그라까지 기차를 타고 오면서 그들의 낙천성을 보았다. 우리 일행이 앉은 기차의 특등석에는 세 사람이 앉을 수 있었다. 어느 허술한 역을 지나자 인도인 남자가 다가와 엉덩이를 들이밀었다. 자기 자리인 양 아무렇지도 않게 좌석에 끼어 앉았다. 또 한 역을 지나자 또 다른 남자가 다가와 우리 좌석에 끼어 앉았다. 분명히 우리가 돈을 내고 얻은 좌석임에도 불구하고 나는 아무 말도 할 수 없었다. 졸음은 쏟아지고 피곤한 몸이라 참을 수 없이 불편했다. 인도 사람들은 체면도 없고 양해와 인사도 할 줄 모르나 하는 생각으로 가득했으나 불편에 대한 적응력 덕분인지 그냥 참기로 했다. 잠시 앉았다가 일어날 자리를 놓고 평생 내 자리인 양 인색하게 굴어야 하나 하는 생각이 들었다. 그들에게 편안함을 잠시나마 내주었다면 그 또한 내겐 행복한 일이 아니겠는가.

릭샤를 타고 호텔로 돌아오는 길에 쇼핑센터에 들렀다. 아이들 팔지를 사려고 얼마냐고 하니, 1,200루피라고 터무니없는 값을 불렀다. 아마도 나를 돈이 많은 사람으로 본 모양이었다. 그러나 나는 초보 여행자가 아니었다. 나는 가게 주인을 쳐다보면서, "500루피!" 하고 값을 불렀다. 그는 표정 하나 변하지 않고, "700루피!" 했다. 이번에는 더 값을 내려, "300루피!" 하고 불렀다. 주인은 고개를 저으며 남는 게 없어 그 이하로는 깎아줄 수 없다고 했다. 나는 물러서지 않았다. 그렇게 흥정한 끝에 300루피를 주고 물건을 샀다. 나는 나의 타고난 수완에 뿌듯했다. 1,200루피를 300루피에 사다니! 기분이 좋아 물건을 챙기고 돌아서는 내 등 뒤에서 가게 주인이 한 마디 던졌다.

"유 해피?"

물건을 싸게 사서 얼마나 행복하냐고 묻는 듯했다. 돌아서서 발걸음을 옮기는 나는 과연 행복하다고 자신 있게 말할 수 없었다. '내 약삭빠른 수완으로 물건을 싸게 사서 나는 행복합니다.'라고 떳떳하게 말할 수가 없었다. 터무니없는 값을 받으려는 가게 주인이나 꾀를 써서 싸게 산 나나 모두가 진실로 행복한 것은 아니기 때문이다.

쇼핑센터를 나와 다시 릭샤를 타고 호텔까지 무사히 도착했다. 그 늙은 운전수는 몇 살이며, 가족은 몇이나 있을까? 그에 대한 궁금한 것이 많았지만 그렇다고 대놓고 물어볼 수 없었다.

얼마를 줄 것인가를 망설이다가 물었다. 그가 말하기를, "그대가 행복할 수 있을 만큼의 돈을 달라." 라고 했다. 우리는 기분 좋게 처음 달라는 400루피를 모두 주었다.

아무것도 가진 게 없이 살면서도 행복해 보이는 이 늙은 릭샤 운전수를 통하여 삶의 또 다른 모습을 배웠다. 노 프라블럼, 유 해피를 연발하던 노인. 집착과 소유를 던지지 못하고 전투하듯 세상을 살아온 내게는 그 노인이 잊지 못할 여행의 스승으로 남아 있다.

갠지스강

히말라야 눈물을 마시는
갠지스에는 힌두 시바신이 살고 있다

다비를 마친 영혼은 강물에 잠들고
화장장 연기로 빠져나간 영혼 한 구
강변 안갯속에 묻혔다
타다 남은 육신은 영어靈漁의 한 끼 식사
염소수염을 한 노인과 소는 신수神水를 벌컥벌컥 마신다
더럽고 추악한 세상 것을 다 품고 씻다 보니
신의 눈물은 붉다 못해 검다
내 설익은 인생의 뒤안길도 이렇게 멍이 들었을까?

마음의 탐욕을 강에 담그고
그 곁에서 한 여인이
허공을 후려치며 빨래를 한다
소원을 띄워 보내는 촛불
속죄를 비는 마음 촛농이 뜨겁다
신神은 말없이 웃고 있고
그믐달은 실눈으로 쳐다보고 있다

노객은
저물어 긴 그림자를 바라보고 있다

잃어버린 분첩

사십여 년 같이 살아온 세월, 두 딸과 아들로부터 생일상도 받고 북유럽 크루즈 여행도 하게 되었다.

2011년 7월, 따사로운 햇볕이 장마로 식어가는 날의 북유럽여행. 그곳 여름은 생각보다 더웠다. 아내는 좋은 구경에도 불구하고 낯선 환경 탓에 표정이 가라앉아 있었다. 그에 반해 나는 모처럼 아내와의 여행이라 몹시 들떠 있었다.

9시간 비행 끝에 모스크바에 도착했다. 이 도시는 예로부터 예술의 도시로 유명한 곳이다. 그곳 볼스크보이 극장에서 「백조의 호수」 발레 공연을 친구 부부와 같이 관람할 수 있는 기회를 얻었다. 아내는 130유로이면 20만 원이 넘는 큰 금액이라 만류했지만 나는 고집을 꺾지 않았다. 푸른 호수 위에 하얀 백조들이 춤을 추었다. 까치발을 하고 총총걸음으로 걸어가고 새털 같은 가벼운 몸짓으로 날아오르는가 싶더니 두 발로 가위질을 하며 내려앉았다. 마치 진짜 살아있는 백조를 보는 듯했다. 왕자가 흑조를 보내고 백조와 한 쌍이 되면서 막이 내렸다. 이해가 더뎌 완벽하게 감상하지 못했으나 70명이 넘는 오케스트라나 발레무용수들의 환상적인 춤으로 전혀 입장료가 아깝지 않았다.

숙소로 돌아오면서 곁에 있는 아내의 손을 잡았다. 오직 자식과 남편만을 바라보며 살아온 내 마음의 백조는 바로 지금 곁에 있는 아내라는 생각이 들었다. 단돈 십 원이라도 줄이려고 세 곳을 들러 파 한 단을 사들고 오던 백조, 세 자녀를 위해 김장철이면 다섯 접이 넘는 마늘을 손수 까고 그 짓무른 손톱 밑이 무용수의 발가락처럼 헐었던 아내, 20만 원이면 김장을 하고도 남을 돈이라고 손사래를 치던 아내, 숙소로 돌아오는 길은 저녁 9시가 넘었는데도 아직 식지 않는 태양이 아내의 얼굴을 붉게 비췄다.

핀란드, 스웨덴을 거쳐 노르웨이의 만년설이 흘러내리는 아름다운 폴롬에서 미트라까지 협궤열차를 탔다. 그런데 여행객 30명 중 유일하게 아내만 선글라스를 쓰지 않았다. 눈이 부셔 꼭 필요한 것이었는데 서두르다 보니 챙기지 못한 실수였다. 협궤열차가 중간쯤 갔을 때 아내는 주인 없는 선글라스가 의자 밑에 있는 것을 발견하고 그것을 주워들었다. 다리가 휘어지고 코걸이가 비틀린 낡은 선글라스였다. 아내는 그것을 만지더니 얼굴에 끼워보았다. 그리고 기차가 정차하여 사진을 찍으려고 보니 아내는 그것을 자기 것처럼 끼고 있지 않는가. 카메라 렌즈 속 아내 얼굴을 보는 순간, 나는 그만 가슴이 먹먹해져서 셔터 누르는 것도 잊은 채 한참 물끄러미 바라보았다. 나는 그동안 어디에 정신을 팔고 살았기에 늘 옆에 있는 백조도 제대로 못 챙기고 살았단 말인가. 나는 고가의 선글라스를 끼면서 왜 아내의 선글라스 하나도 챙기지 못했는가 하는 생각에 가슴이 미어졌다. 풍경도 잊은 채 한참 동안 아내만 바라보았다. 나중에 쇼핑센터에서 친구 부인까지 동원하여 아내에게 선글라스를 사도록 권했으나 듣지 않았다. 귀국해서 사겠노라, 언제 또 여행을 오겠느냐 하면서 끝까지 고집을 꺾지 않았다. 결국 아내는 선글라스를 사지 않았다.

아내는 여행이 끝나는 날까지 매일 아침 새벽에 일어나 가져간 전기냄비로 햇반과 라면과 커피를 끓여 아침을 준비했다. 늦잠이 많은 내가 행여 깰까 봐 까치발로 움직였다. 그 발소리에도 잠을 설쳤다고 투덜대는 나야말로 흑조임에 틀림이 없었다. 언제나 내 등 뒤 그늘에 묻혀 나오지 못했던 사람, 문득 여행 중에 나의 어리석음을 뼈아프게 깨달았다.

여행의 보답으로 아들, 사위 선물은 준비했으나 딸들과 며느리가 마음에 걸린다며 면세점에 들렀다. 거울이 달린 분첩 세 개를 계산대에 가져오자 아내는 얼른 하나를 더 조용히 가져와 얹었다. 계산을 하고 아내가 물건을 가지고 올 것으로 생각하고 무심히 비행기에 올랐다. 그런데 물건을 챙겨오지 않음을 뒤늦게 알았다. 아내는 비행기 탑승 때 자동으로 배달되는 것으로 착각하고 그냥 두고 온 것이었다. 탑승 직전에야 그것을 알았으니 다시 갈 수도 없는 일이었다. 서로 쳐다보고만 있었다. 십오만 원 정도를 계산대에 놓고 왔으니, 순간 여행 기분은 싸악 사라졌다. 아내가 몹시 허탈한 모습을 보였다. 나는 이런 아내의 모습을 처음 보았다. 내가 진급에 떨어진 소식을 들었을 때도, 친구를 잘못 만나 수억을 잃었을 적에도 이런 얼굴은 아니었다. 비싼 발레 공연비에 펄쩍 뛰던 아내, 의자 밑에서 주운 찌그러진 선글라스를 끼고 사진을 찍던 아내는 거의 울기 직전이었다. 아차, 이게 모두 내가 평소에 챙기지 못한 어리석음에서 온 것이구나 싶었다. 비싼 분첩을 잃은 것이 아니라 그동안 아껴주지 못했던 아내를 얻는 순간이었다. 텅 빈 아내의 마음을 채우려고 동백꽃보다 더 붉은 25불짜리 립스틱을 샀다. 아내는 손에 들고 만지작거리다가 가만히 열어 보았다.

모처럼의 12일 동안 북유럽 5개국을 구경하고 돌아오는 여행길. 두 딸과 며느리에게 줄 선물을 잃어버린 마음을 달래주려고 아내의 찬 손을 꼭 잡아주었다.

곁

나는 그녀의 곁이었지만,
늘 그에 곁에 없었다
그녀는 혼자 밥을 먹고
혼자 잠들었다
그때 나는
욕망이라는 절벽을 기어오르며
까맣게 곁을 잃고 살았다
핸드폰 알람을 잠속으로 구겨 넣고
화려한 과거, 그 시절은 도둑맞고
한 토막 미래만 남았다
어느 때는 나를 숨겨두고
언젠가는 되돌아오지 않았까
하는 막연한 생각에
화선지에 자신을 그려놓고 일기를 쓴다
매일 죽음을 연습하면서도
오늘이 준 숨을 쉬고 산다
미래의 끝은 어디쯤일까?
예약된 나의 시간을 향해서 간다
지나는 바람도 모른 체하는 하오
오늘에야 곁을 찾았다

두 번째 청혼

—

참으로 오랜만에 여동생과의 만남이었다.

가을이 익어가는 시월의 하늘은 맑았다. 일산 에니골 외진 찻집 한적한 곳에 자리를 잡았다. 동생은 그새 전보다 나이가 좀 더 들어 보였다. 그래도 정이 넘 치는 얼굴에 입꼬리 살짝 올라간 엷고 수줍은 미소는 여전했다.

"동원 씨를 만났어요."

동생은 밑도 끝도 없이 한 마디를 툭 던졌다.

동생이나 나나 다 같이 어렵게 살아온 형편이라서 누구보다 서로의 아픔을 잘 알고 있었다. 지금의 동생이 있기까지 얼마나 어렵고 힘든 시기를 보내야 했 는지 누구보다 잘 아는 나였다.

동생은 대학교 시절에 동원이를 만나 삼 년 동안 교제를 했다. 동생은 취업으 로 바쁘고 동원은 수련의 과정을 밟을 때였다. 동원은 동생을 데리고 그의 홀어 머니에게 결혼 승낙을 받으러 갔다. 우리 가정 형편을 안 그의 어머니는 단호히 거절을 했다. 아들 하나에 모든 희망을 걸고 있는 어머니는 보잘것없는 동생을 며느리로 들이기에 양이 차지 않았던 것이다.

"네가 우리 아들 병원 하나 차려 줄 능력이 있느냐?"

결국 동생의 결혼은 무산되고 말았다. 아들이지만 그 강한 어머니를 설득하 기에는 엄두도 낼 수 없었던 모양이었다. 그 후로 둘은 서로 각자 길을 가다가 동생은 다른 남자와 결혼을 했다.

동생은 상처의 보상이라도 받듯 결혼 생활이 순탄했다. 그렇지만 주어진 행복도 거기까지였는지, 첫 아이가 초등학교 들어가던 그해에 처남은 중병을 앓다가 그만 세상을 뜨고 말았다. 그 후 동생은 혼자 두 딸을 키웠다. 그때 시작한 일이 보험설계사였다. 보험설계사라는 일이 이웃에게 피해나 부담을 준다고 한사코 만류했으나 동생은 그 고집을 꺾지 않았다.

이제는 10년 경력으로 베테랑 설계사가 되어 두 딸을 무리 없이 잘 키우고 있다. 아침마다 등교하는 아이들 뒷모습만 봐도 행복하고 뿌듯하다고 했다. 불행을 딛고 일어선 행복이라 동생에겐 아이들이 크나큰 힘이었을 것이다.

찻집을 나와 걸으면서 동생의 이야기는 계속 이어졌다.

어느 날 지인으로부터 새 건물을 지은 사람을 소개받아 찾아갔다. 그런데 이게 웬일인가! 뜻밖에도 지인이 소개한 건물 주인은 다름 아닌 동생의 첫사랑 동원이었던 것이다. 차마 잊을 수 없었던 사람, 첫사랑의 멍을 시퍼렇게 남겨주고 떠난 바로 그 사람이었다.

둘은 멍하게 한참을 마주 보고 서 있었다. 쉽게 말문이 열리지 않았다. 청춘에 만났다 헤어져 사십을 넘고 오십 줄에 가까워 다시 만났으니 쉽게 말문이 열리지 않았을 것이다. 그동안 견디어 온 매듭 매듭이 떠올랐다. 그의 어머니로부터 받은 모멸감도 다시 소록소록 떠올랐다. 짧은 얘기 몇 마디로 더는 마주하지 못하고 동생은 돌아서 나왔다. 나오다 돌아다보니 건물 꼭대기에 '동원내과병원'이라는 간판이 보였다.

며칠 후 동원으로부터 연락이 왔다. 처음부터 다시 시작하자고 했다. 그도 그동안 상처를 하고 혼자 사는 처지였다. 어머니에게 허락도 받아냈다고 했다. 함께 병원을 일구며 살자고 했다. 원한다면 어머니를 모시지 않아도 된다고 했다.

동원은 동생에게 두 번째 청혼을 한 셈이었다. 동생은 생각이 많아졌다. 모든 것을 잊고 그가 이루어 놓은 병원의 안주인이 될 것이냐, 아니면 살아온 대로 하던 일을 하며 씩씩하게 두 딸을 키울 것이냐 하는 것이었다. 그러다가 의논할 대상인 오라비를 찾아온 것이었다. 이렇게도 저렇게도 판단이 쉽게 서지 않으니 어떤 말을 해도 일단 오라비의 뜻을 따르자 하는 마음이었다.

나는 아무 말도 하지 않고 들어 주기만 했다.

동원의 어머니에게서 받은 모멸과 상처가 워낙 깊었던 것을 알기에 뭐라 쉽사리 말해주기가 복잡했다. 행복이란 조건에 있는 것이 아니라 그 내용에 있다는 것을 동생이 모르는 바도 아닐 것이었다. 또 행복을 얻기 위해서는 희생을 거름으로 삼을 각오도 해야 한다는 것도 모를 리가 없을 터였다. 이미 각자 살아온 두 가정을 하나로 합치려면 각기 성이 다른 아이들과의 화합도 어려운 산이 될 것이었다. 행복을 찾아가기까지의 과정 속에서 예기치 않게 생길 수 있는 많은 그늘도 생각해야 할 터였다. 내가 단칼로 결론을 내줄 수 있는 문제가 아니었다.

"지금 선뜻 대답하지 말고 좀 더 깊이 생각을 하고 애들과도 상의해라."

저무는 시월의 카페 골목을 빠져나오며 붉게 물든 단풍잎 하나를 주워 동생에게 건네주었다. 곧 겨울의 문턱을 넘을 준비를 하는 나무가 떨군 붉디붉은 잎이었다.

물끄러미 잎을 바라보던 동생은 어디론가 조용히 문자를 찍어 보내고 있었다.

눈앞의 것이 다가 아니다

—

자기의 이익과 주장만을 고집하다가는 오히려 잃는 것이 많을 수가 있다. 세상을 살면서 계산이 빠른 사람은 손해 볼 일이 없을 것 같지만 천만의 말씀이다. 재빠른 계산으로 오히려 손해를 보는 경우는 우리 주위에서 흔하게 일어난다. 또 그런 사람은 비슷한 일이 벌어지면 매번 똑같은 행동을 한다.

아는 것이 병이라는 말이 있듯이 사람은 조금 둔하고 적당히 느린 것이 득이 될 때가 있다. 계산이 재빠른 사람은 절대 손해를 보고는 살 수 없다는 신념으로 뭉쳐진 사람이다.

세상을 살다 보면 잃을 일이 있으면 반드시 얻을 일이 있고, 얻을 일이 생기면 반드시 잃을 일이 생겨난다. 세상 모든 이치가 돌고 도는 일이라 아무리 재빠르게 셈을 하고 챙긴다 해도 그것은 내 것이 됨과 동시에 이미 빠져나갈 구멍을 향해 가고 있다는 것을 알아야 한다. 그러니 내 것이라 함과 동시에 내 것이 아님도 알아 아등바등하지 말아야 할 것이다.

청구서

변호사가 키우는 애완견이 몰래 정육점으로 침입하여 고깃덩어리를 물고 도망쳤다. 화가 난 정육점 주인은 변호사 사무실에 달려가서 말했다.

"이봐요, 변호사 양반! 만약에 키우던 동물이 정육점에서 고기를 물고 갔으면 그 주인한테 돈을 요구할 수 있는 거요?"

그랬더니, 변호사가,

"물론이죠."

라고 했다. 정육점 주인이 다시 말했다.

"그렇다면 만 원을 내쇼. 당신 개가 우리 가게에서 고기를 훔쳐 갔소."

변호사는 말없이 정육점 주인에게 돈 만 원을 내주었다.

며칠 후, 정육점 주인은 변호사로부터 한 통의 편지를 받았다. 그 안에는 청구서가 들어 있었는데 이렇게 적혀 있었다.

–변호사 상담료 10만 원

황반변성

—

    몸이 건강할 때는 몸의 고마움을 잊고 산다. 막상 어느 한 기관이 나빠지면 그것에 대한 절실함과 함께 온통 아픈 곳에만 신경이 쓰이게 된다. 특히 눈처럼 예민한 곳은 더하다.

    어느 날 시력이 급격히 떨어지더니 앞에 보이는 물체가 변형되어 보이기 시작했다. 건물이나 전봇대가 휘어져 보이는 것이었다. 병원에서 정밀 검사를 받아보니 '황반변성'이라는 것이었다. 이 병은 피사체를 받아서 뇌로 전달하는 망막의 기능이 잘못되어 생기는 병으로 완치될 수가 없고 유지만으로도 다행이라고 했다. 자칫하면 실명될 수도 있는 병이라는 것이었다. 그나마 유지 방법은 정기적으로 망막에 항체 주사를 투입하고 레이저로 환부를 없애는 방법이었다. 내 인생에 또 이런 시련이 오다니 암담한 기분이었다.

    그 이후로 집게로 눈을 벌리고 망막에 항체 주사를 투입하는 것을 수차례 했다. 하고나면 한 달쯤은 괜찮다가 다시 증상이 나타나고는 했다. 시력도 전에는 1.5이던 것이 점점 떨어져서 지금은 0.5 정도이다.

    눈에 좋다는 약을 구해 먹어보았지만 역시 좋아질 기미는 보이지 않았다. 어느 날 아들이 왔기에 아는 사람이 같은 병을 앓고 있다는 얘기를 해주었다. 그 집 식구들은 황반변성에 대해 거의 박사가 다 되었다는 얘기와 함께 미국에 가서 받아왔다는 약 이야기도 했다. 그 얘기를 하고난 며칠 후 아들이 똑 같은 약을 구해다 주었다. 내가 먼저 말을 꺼낸 일이기도 했지만 마음 씀씀이가 고마웠다. 눈이다 보니 본인은 괴로워도 주변 사람들은 실감을 못하는 것 같아 내심 서운하던 차였다.

사람은 고통을 통하여 뒤돌아보게 되고 자기 영달을 일깨워가는 모양이다. 눈이 아프고 나서 나는 눈의 소중함을 절실히 깨닫게 되었다. 볼 수 없다는 불안감이 얼마나 고통스러운 지도 알게 되었다. 더 나빠지기 전에 그 동안 그리웠던 사람들도 맘껏 보고, 보고 싶었던 멋진 풍경도 실컷 보리라 마음먹었다. 나는 그동안 써두었던 글을 정리하기 시작했다. 그리던 그림도 정리하고 챙겼다. 또 아이들에게 물려줄 것들과 추억이 담긴 졸업장, 상장, 훈장, 앨범 등도 챙겼다. 그러면서 살아온 세월을 차분히 뒤돌아보기 시작했다.

나는 오늘도 아들이 사다준 약과 내가 호주에서 구한 약을 챙겨 먹는다. 지금의 상태만으로 지속해 주었으면 하는 바람과 그래도 이만한 것에 감사하며 또 하루를 보낸다.

중년이 되어

아내의 마음속에는 낡아 누덕누덕 기운 옷깃이어도 새 옷 못지 않은 빳빳한 자존심이 있다. 늘 긴장을 놓지 않고 남들보다 힘들게 살면서도 모든 것이 자기 책임인 양 여기고 산다. 잠시 잠깐 숨 쉴 틈도 없이 바쁘기만 한 일과에서도 마음 한쪽에는 그리움으로 사무치는 것이 여자이다.

일상의 틀이 싫어 벗어나 보려고 애를 써보지만 결국 다시 그 자리로 돌아와 안주하는 것이 여자이다. 어느 때는 생활에 숨이 막혀 하다가도 일상 속 작은 것 하나로도 소박한 미소를 짓는 것이 여자다. 일상이 숱한 절망과 고독을 가져다주지만 그것을 기쁨으로 받아드리고, 작은 일에 마음을 쓰고 나서도 감히 누구 탓으로 돌리지 않는 것이 여자이다.

저녁상을 준비하면서 할 수 있는 최선의 수고에도 그것을 내색하지 않으며, 제 맛은 몰라도 식구 맛은 안다고 하는 것이 여자다. 아내의 모습은 한때는 울창한 숲으로 활기가 넘친다. 하지만 평생 내조와 가르침으로 잎이 다 떨어져 앙상한 가지만 남은 나목의 모습이 된다. 그럼에도 불구하고 마주한 자리에서 제일 행복해야 한다.

이제는 모든 것이 다 지나가고 반추의 그늘에 서서 세상이 온통 하얀 눈으로 덮이는 날, 그 위에 작은 발자국 하나 남기고 싶다. 그런 마음을 이해한다면 그 곁에서 외롭지 않을 둘만의 발자국을 남기도록 힘써야 할 것이다.

봄날에

봄 향기 가득한 날
차를 끓인다

그립다
그립다

같이 나눌 임
내 마음도 끓는다

조강지처

조강지처의 조糟는 술찌개미 조, 강糠은 쌀겨 강자를 쓴다. 그 이유에 대한 어원을 따라가 보았다.

중국의 후한 시대 광무제는 자기 누이가 혼자 사는 것을 딱하게 여겨 친구이자 대사공인 송홍에게 간청을 했다.

송홍에게 일러 말하기를, "속언에 귀해지고 부유해지면 아내를 바꾸라 했는데……." 그러자 송홍이 대답하기를, "내가 가난했을 때 아내는 나에게 밥을 주며 자신은 술찌개미와 쌀겨를 먹었습니다. 그런 내조를 받아 내가 성공을 했는데 어찌 그 아내를 버릴 수가 있겠습니까." 라고 했다고 한다.

대사공이란 높은 벼슬에 걸맞은 아내로 바꾸지 않겠느냐고 슬쩍 떠본 것이었다. 그러나 송홍은 단호하게 거절했다 하니, 과연 어진 아내의 어진 남편이 아닌가 싶다. 이 고사성어를 생각하면 지난날 가난했던 시절 내 곁을 알뜰히 지켜준 아내 생각이 절로 난다.

요즘은 이사를 할 때면 우스운 얘기로 힘없는 남편이 짐 뒤칸에 먼저 올라탄다고 한다. 혹시라도 아내가 데려가지 않으면 낭패를 당하기 때문이라고 한다. 그러나 누가 뭐라고 해도 젊어서 만나 남은 인생을 함께 사는 부부 관계는 보통 인연이 아니다. 부부 연은 하늘이 맺어준다는 말도 괜한 말이 아니다.

부부가 서로를 향해, "내 인생에서 가장 멋진 선택은 바로 당신을 선택한 일입니다." 라고 말할 수 있다면 그 보다 더 큰 축복은 없을 것이다.

또, "당신의 그림자만 봐도 참으로 편안합니다." 라는 진심어린 고백을 전할 수 있다면 그보다 더한 사랑도 없을 것이다.

산이 산 구실을 못하면 아무리 외쳐도 메아리가 생겨나지 않는다. 하지만 부부라는 큰 산이 마주 서서 서로를 부른다면 그 소리들이 사랑의 메아리가 되어 온 산에 울려 퍼질 것이다.

사랑의 표현도 아주 작은 생활에서부터 습관처럼 나와야 한다. 큰 말이든 작은 말이든 시시때때로 마음을 담아 서로 나누어야 한다. 마음만 있고 표현이 서툴다고 미루다 보면 딱딱하게 굳어 결국 없는 마음이 되어 버린다.

살다보면 가까운 사람이 마음을 더 아프게 할 때가 있다. 그래서 자칫하면 가장 아껴주어야 할 조강지처에게 상처를 주기도 한다. 작은 일이라도 기념할 만한 일은 먼저 챙기고, 마음을 담은 작은 선물이라도 안겨주는 일을 기쁨으로 삼아야 한다.

오늘은 말없이 부엌일을 하는 아내를 바라보다가, 문득 그 옛날 송홍이 말한 술찌개미의 조강지처 이야기를 떠올려 보았다.

울지 못하는 새

몸속, 높은음자리에 살던 나비가 날아 간 후
아내는 울지 못하는 새가 되었다

가을을 즐거워하던 새는 노래하지 않았다
창가에 풀 냄새가 시들고
노래 소리도 시들고
목청에 살던 나비 한 마리를 날려 보내고, 아내는 살아났다
그날,
아내를 떠난 붉디붉은 꽃잎
떠난 노랫소리보다 더 진한 붉은 꽃이 시트를 적셨다

어머니 무덤가 배롱나무가지에 앉아
찢긴 날개를 퍼덕이며 노래를 불러보는 새여
고음 없는 노래는 찔레 순처럼 끊어지고
끝내 사랑의 노래를 부르지 못했다
목밑샘 움푹 파인 자국, 머플러 가린 손
노래 소리도 가리고 말았다

산새들의 노랫소리가 듣그러워 돌아선 아내
혀의 간절함이 마른 강이 되었다

내게 묻는 안부

| 시 가 있 는 에 세 이 |

내게 묻는 안부

최 태 랑 작품집